KB056142

널

김건영

2016년 『현대시』를 통해 시인으로 등단했다.
시집 『파이』 『널』을 썼다.
2019년 박인환문학상을 수상했다.

파란에서 펴낸 김건영의 시집 파이(2019)

파란시선 0144 널

1판 1쇄 펴낸날 2024년 8월 10일
지은이 김건영
인쇄인 (주)두경 정지오
디자인 이다경
펴낸이 채상우
펴낸곳 (주)함께하는출판그룹파란
등록번호 제2015-000068호
등록일자 2015년 9월 15일
주소 (10387) 경기도 고양시 일산서구 중앙로 1455 대우시티프라자 B1 202-1호
전화 031-919-4288
팩스 031-919-4287
모바일팩스 0504-441-3439
이메일 bookparan2015@hanmail.net

ⓒ김건영, 2024, printed in Seoul, Korea

ISBN 979-11-91897-82-1 03810

값 12,000원

*이 책은 서울특별시, 서울문화재단 '2024년 창작집 발간 지원 사업'의 지원을 받아 발간
되었습니다.

널

김건영 시집

시인의 말

반복과 번복으로
번복의 반복으로
재귀하여
귀의하여
이와 같이 나는 틀렸다
이와 같이 나는 귀신 들렸다

차례

시인의 말

안쪽이 훨씬 더 커요 지원금에 매달릴 수밖에 없는 가난한 예술가는 야수의 심정으로 술을 마시고 이것도 시대가 되겠지를 되뇐다 숙취인 불명 언제까지 이끼춤을 추게 할 거야 아침에는 네 발 점심에는 두 발 저녁에는 다시 네 발인 것은 시인이지 삑 환생입니다 여러분 메타버스는 다 거짓말인 거 아시죠 술 취한 시인이지만 취해야 세상이 똑바로 보이는 것이 세상의 잘못인가 시인의 잘못인가 어 중간 어중간 마이 리틀 테러리즘에 내가 나왔으면 정말 좆됐네 신자유주의의 유령이 자유롭게 떠돌고 있다 나의 작은 기계로는 알 수가 없네 아름다운 타인머신들아 당신의 눈동자에 건달 너의 주식은 곧 우리입니다 우리 자본 이겨라 술은 마셨지만 심취하지는 않았습니다 어디로 가야 하죠 악어 씨 Shit 귀여운 나의 악의

해설

일러두기
시집 가운데 일부는 시인의 의도에 따라 현행 맞춤법 및 (주)파란의
표기 원칙과 다릅니다.

55 없는 것을 사고파느라 미래까지 가져갔다 이렇게 된 이상 교외(敎外)나 시외(詩外)까지 간다 우주(宇宙)는 집과 집이다

나무랄 데 없이 완벽한 나무들

그때 신은 너무 어려서 많은 실수를 했다
차마 불태울 수는 없어서 잊어버린 일기장처럼
남겨진 사람들은 그때부터 동굴 속으로 들어갔다
죄의 이름들이 밤하늘에 가득 떠올랐고
금기는 선분처럼 자유로웠다
지붕 없이는 잠들 수 없게 되었다

걸어 다니는 나무들과
한없이 우는 물고기들
알에서 태어난 사람들은
다음 생에 수림의 일부가 되기 위해 나뭇가지에 매달렸다

벌레를 죽이면 벌레가 된대요
그러면 신을 죽여야겠구나
사람이 되고 싶으면 사람을 죽이고
나는 이 세상이 무서우니 더 무서운 사람이 될 거야
내가 아프니 세계도 아파야 한다
착한 사람들이 잘하는 건 사라지는 일이다
더 착한 사람들만 남겨 두고
우리는 책과 지폐를 맞바꾸고

원인과 결과를 뒤집어 말한다

그 사이에 언제나 나무들이 병정처럼 서 있다

맨드레이크

　나 약이 될게요 나를 심어 준 사람들을 위해 흙을 덮고 꼭꼭 밟아 준 사람들을 위해서요 아픈 건 괜찮냐고 물었잖아요 그런데 그거 관심 없잖아요 사람이 사는 데에 꼭 필요한 게 바닥이죠 공중에 뿌리내린 사람도 있다 날파리처럼 지겨운 천사들 나의 죄와 벌레 언제나 웃으면서 법대로 해요 법대로 나를 온몸으로 껴안아 준 공기가 있다 나는 사실 어떤 말을 하고 싶은가요 비명입니다 아닙니다 노래입니다 살고 싶습니다 쉽게 말하고 싶어요 식물은 죽지 않는다 다만 사라질 뿐 죽는 건 화분뿐이죠 그러니까 나 흙속에서 부어올라 화약이 될게요 나 목에 밧줄을 감고 태어나서 소리를 좀 지를게요 이제 좀 동물이 될게요 자랄수록 사람은 어렵고 어려진다 다 안다는 것처럼 부드러운 사람들을 부러뜨릴 거야 나 너무 많은 영매를 사랑하여 열매가 되어 간다 전생으로 돌아가 몇몇 가지를 꺾고 돌아올게요 획이 많지 않은 글자가 될게요 그러나 읽을 수는 없는 목질화를

그리고 어떤 사슴들도 슬픔은 핥지 않았다

나무는 자라서 집이 된다는데
새들이 찾아오지 말라고
목매단 새들을 걸어 놓은 걸 보았다는 이야기를 들었다
거기에 사람을 이끌어 경고하기도 한다고
어디에서 들었더라
목이 막혀서 기억이 덜컥거린다

집보다 사람이 더 싸다고 말한다
당연한 말은 왜 하는 거야
무너지는 게 있어서 그래요
무너지는 게

깊은 숲속에 소금을 핥으러 다닌다는 사슴이
우리나라에 있나
나비도 소금이 필요하다는 걸 백과에서 읽었다

암염(巖鹽)이라,
기억나지 않는 기억만큼 단단한 게 또 있을까
암염(暗炎)이라
그래 숲속은 어둡지

16

빛나는 눈이 보이면 짐승이 있다는 말이지
동물이 좋니 곤충이 좋니 어쨌든 우리가 사람은 아니잖아

눈을 감고 들어가 보면
전세(傳貰)가 보인다

저 집은 어떻게 지었을까
높고 깊은 곳에 지은 집을 보며 말하는 사람이 있다
돌을 이고 지고 거기까지 갔을까
집을 이고 가지는 못하니
집은 무겁고 비싸
무겁고 비싸다 그러니 사람은 절벽을 이고
동물적으로 가벼워져라

닭똥 같은 눈물을 흘리면
사슴들이 달려와 냄새를 맡고 고개를 젓는다
눈물 같은 닭똥이네

빛이 사라지면 너에게 갈게

—빌리지

—

간절히 도착을 바랐으나 어둠 속에 있다
한밤중에 사람의 눈이 빛날 때 그곳에는 어둠뿐인가
빛을 나눠 가지는 것은 오직 사람들
빈대의 반대이거나

피가 달아, 달다고 말하는 사람은
상상 속도 미로가 된다고
좀비는 살을 먹고 흡혈귀는 피를 마셔
사람이 사람을 먹어 치울 때는 뭐라고 해야 하나
인식(人蝕)이라고 해야 할까

……이리(泥梨) 집에 왜 왔니

귀신을 좋아해, 눈에 보이지 않잖아 돈 없이도 잘살 테고
사람을 먹는 사람도 귀신은 무섭지 사람이 더 무섭다고 말
하는 게 더 무섭지 그래도 형편이 좀 좋아지면 사람이 되자

네 눈에 가득 찬 선한 눈빛을 나누자

—   아니야 나의 장래 희망은 귀신입니다 투명하고 가끔 사

18

람을 놀래킨다 요금을 내지는 않고 너희는 요실금이나 걸
리라지 태어나지도 않은 아이들의 밥을 먹어 치우는 사람
을 보았습니다 귀신은 복잡한 말을 하지 않습니다 세상에
귀신이 많다면 얼마나 좋을까

　모기를 흡혈귀라 부르는 건 좀 이상하다
　시인은 뭐 하는 사람이냐고 물으면 부모님의 등골을 빨
아 최선을 다해 가난해지는 사람이야 도착증에 걸린 귀신
이야
　사람은 징그럽고 두꺼운 집을 떠올리면
　서늘해진다
　역시 여름에는 귀신이지

쓸쓸한 너의 앞 파트

—

　법 내려온다 법이 내려온다 올라갈 때는 꼭 무얼 하나 물고 돌아가지 위와 아래는 호환이 되지 않고 애비의 등에 타라 앉아만 있으면 돼 탈 거면 빨리 타고 아니면 돌아가 재산 보완 계획에 동참하라 부정(父情)의 부정(不正)은 긍정 부동산은 어째서 동산인가 보라 오르면 보이리라 보물이 재물이 도처에 있다 언제까지 후렴만 부르고 살 텐가 잠들었다 깨면 오르는, 음마, 아파트, 미신(迷信)은 잘도 도네 돌아가네 잠에서 깨면 집은 살찌고 나는 여위네 이것은 원래 누구의 것이냐 물어도 전세계(傳貰界)는 대답하지 않는다 사랑하다 주거(住居) 버려라 오늘은 우리 같이 벌어요 이 벌이를 그래 봤자 그들의 손에 쥐어지는 한 평(坪) 목걸이 그래도 지분은 돈다 저문 이들의 양지 너의 육개장을 먹고 싶어 잘 들어 소일렌트 그린은, 돈보다 중요한 건 더 많은 돈이지 돼지같이 쿨쿨거리며 또 살자 말고 도살자가 되고 싶은 나는 데모지상주의자 내가 어디까지 잘못할 수 있는지 보라 자외선처럼 보이지 않으리라 보이지 않으면서 선(善)보이리라 난해라는 바다를 건너 흐름을 타고 선(線)보이리라 세상에 나쁜 개는 없다 우리는 모두 선하다 알고 보면 다 좋은 사람이지 그러니 가까워지지 말자 알면 알수록 서로 속지 공부한 사람처럼 나는 데몬지상주의자 저 수지맞은

—

개들 하지만 복종하지 마라, 선(善)은 남보다 빠르니까 선(先)한 자들만 살아남는 나, 타자(他者)야 아무도 잃지 않는 밤은 없다 그런데도 시나 쓰고 있네 미친 새끼가 너, 당신, 그 개, 사람 우리가 통속(通俗)의 뇌가 아니라면, 뇌가 살아 있다는 것, 그것은 영원한 유머에 지나지 않는다 범인(凡人) 내려온다 범인(犯人) 내려온다

짐(鴆)
—Gym, 그리고 짐

一

도시란 무엇이냐
발악을 기르고 마른 사람은 비만이 된다
땅을 접어 건물을 올리고
날카로운 검은 권력에 휘둘려 상하를 가르고……
전무후무 후안무치 하수도지
무릇 선생은 대가리부터 썩는 법
내가 독으로 깃들겠소
도대체 시란 무엇이냐

돼지가 날고 있어요 돼지는 원래 날아 죽어서 입에서 입
으로 전해진다
대지도 날고 있다 가격이 가격이 아니다
난로 앞에 있으면 어지러워진다
난로(難老)는 어지러워
가난한 사람들은 난로 앞에 모인다
아무도 울지 않는 법은 없다
미안해요 미안해 이런 말 속에도 독이 들어 있다
몸속에 폭탄이 있는걸요
고독(蠱毒)은 삼킵시다

二

침 뱉는 새끼들 존나 싫더라

치유는 유치하니 공상(工商)을 즐깁시다

마야의 힘은 아마 야마(山)가 돌게 하는 일

사랑은 나의 궐련

나는 코끼리처럼 말에게 속삭인다

Image옥(獄)이야 너는 너를 벗어나지 못해

네 뜻대로 되지 않을 거야

물음표는 너나 가져

네가 사랑하는 고양이에게 들개들에게 꽝꽝 깨물리기를

뼈다귀 같은

물음표 대신 불음표를

물음표 대신 울음표를

귀신은 질문을 한다

질문하는 자는 모두 귀신이다

잠든 사이 운동을 하는 자가 있다

밤새도록 그림자가 누워 있는 너를 작도해 주는 것을 알

아야지

나유타, 네가 세다가 잠들 한 마리 양의 이름

여러분 숫자에 연연하세요

영(零)은 귀신이다

양(量)을 키우자

코인의 명복을 빕니다 주식(主食)으로 사람을 삼자
달이 명멸할 때는 그림자도 잠시 죽는다
당이 멸망하기를
당(糖)은 달다
당(黨)이 키워 낸 양들을 위해
사탕의 눈으로 저주를 내려야지
너는 매사에 주저하지 말기를
사고 사고(四苦) 또 사고(事故) 네 삶을 풍족히 하라
좋은 마음으로 사람을 눈 사람이 있다
그런데 어째서 사람이 아닐 때가 있는지
골목에서 어른거리는 아이들이 침을 뱉고 있다
겨울을 보여 줄까 꼬마 눈(雪) 사람
귓속의 비가 긋지 않는다
매미들이 여름을 방송하고 있다
이 번역은 오류, 오류입니다
내리실 분은 저쪽으로 꺼지세요
착한 사람들이 내 눈물을 밟고 잘도 산다
거름아 날 살려라 이것은 나의 변증법(便證法)
상표의 표상은 날카롭다
가난은 그저 조금 난감한 일일 뿐이었는데

가격이 나를 가격한다
아이돌은 우상(偶像)이라는데
아빠의 아파트를 따르는
남의 아비 따블 따따블
아빠가 양화를 구축한다
노블리스 오물 위주
아귀(餓鬼)가 타고 있어요
불리(不利)를 보면 참지 못하는
귀신에게 사람이 씐다
아이가 부족하니 노인들이 아이가 되누나
우회전(愚回轉) 만세 우회전(愚回轉) 만만세

그러니까 이제
문학이란 무엇인가
무당이란 무엇인가
질문을 하면 귀신에게 편지를 받는다 안녕하세요 당원
여러분 슬픔도 기쁨도 모두 하청을 줘 버립시다 시가 좀
시끄럽죠 이게 시냐 식초냐 그러나 누구나 가슴속에 삼도
천 하나쯤은 있는 거잖아요 그저 아름다운 샤먼초가

세계의 끝

Why do the birds go on singing

Why do the stars glow above

Don't they know it's the end of the world

—Skeeter Davis, 「The End of the world」

도입부에서 주인공이 죽는 소설을

좋아해 분명하잖아

분명한 사람

분명 한 사람

불러도 오지 않는 사람이 좋다

부르면 오는 건 귀신 아닌가

어째서 'End of world'는

끝의 세계가 아니라

세계의 끝인가요

어렸을 때 했던 질문을

받아 줄 사람은

분명 도입부에서 죽었을 테니,

아무 페이지나 펼치고 읽어도 부드러운

왜 내가 사랑하는 것들은 모두 아프거나 죽어 가나요

생일 축하 노래를

왜 태어났느냐고 불러도

다들 웃는 이유는
따위의 질문이 없는
고통스러운 보통
보통스러운 고통
다 필요 없고

나는 시에서 물음표를 쓰지 않기로 했기 때문에 물음표
를 쓰지 않으면 시가 된다고 믿는다 이게 시냐 말장난이지
라고 한다면 말난장을 부릴 거다 물음표 떼고 한판 붙자

系統아
統使니
아니오

의미가 무슨 의미가 있니
세계의 끝이나 끝의 세계나
다 상관없지
말갛지도 않은 이야기는 왜 하지
다 뜻대로 하소서
뜻이라는 게 있다면 말이지

껄껄대며
끗발이나 끝발이나
도덕이나 도박이나
의미가 없다
어쩌면 이것은 물고기의 비명 같은 일
뻐끔거리며 내 귓속의 일을 알려 주고 싶다
누구나 귓속에 말매미 두 마리쯤은
품고 사는 거잖아요
모든 사물에는 이명(異名)이 있다면서요

系統아
統使니
아니오

멋대로 하는데 멋지지 않다면
정말 멋대로 하면 되겠구나
문학과 학문은 좀 다른 것 같아
항문은 좀 비슷한 것 같고
그렇게 사료(飼料)가 됩니다
문학이 항문이니

28

기분이 든다 어쩌면
나는 그런 말을 함부로
써 댔을까
괴력난신이 귓가에 있다
내 귀에 보청 장치가 있다고
외치며
독자(讀者)가 없으면 나는
독자(獨自)가 되겠네
동전 던지기나
던전 とんちきな
하겠네 그러니까
좀 틀리면 어때
곧 틀니의 세상이 올 텐데
주인공은 죽었다니까
그게 신이라면 더 좋겠네
종말의 말종은
말종의 종말이니까
'좋지'와
'좋지 않니'는 같은 말이니까

아무는 섬
그리고 나선

—

화자가 죽는다 그런데도 계속되는 이야기가 있다
배를 타면 길이 지워진다

길에 귀신이 있다는 말을 듣기는 했다 목적이 뭡니까 완
성되는 것입니다 완성되고 나면요 사라집니다 사람이 상
처라면 아문다는 것은 없어지고 마는 것인가요 그리고 나
선 나사처럼 땅속으로 박히고 만다 말이 사라진다 말은 귀
신이다 여기 귀신이 살아 있다

귀신들은 섬을 건너다닐까요 배를 탈까요 사람의 배를
탈까요 귀신의 배를 탈까요 배를 탄 사람을 타고 갈까요
바다 한가운데에 귀신이 있을까요 사람이 살지 않는 곳에
귀신이 있을까요

화자는 길에서 죽었다 최초의 상처였던 눈과 귀와 코에
대해서 말하지 않으면서 말한다 편도선 때문에 돌이킬 수
없는 말들을 주억거리면서 의자가 없는 집에 앉아 있는 기
분으로 공기를 본다 공기에 앉아 있다면 귀신이라고 할 수
있습니까 귀신의 마음을 느낄 수 있습니까
보이지도 않는데 귀신을 보는 사람들이 있다 귀신이 살고

있다고요 귀신은 죽어야 되는 거 아닙니까 죽었는데 어떻게 살아 있냐고요 연기 같은 거 아닙니까 혼자 오래 있다보면 입이 지워진다

귀신은 다치지 않으니 귀신에 대해서만 말한다 산 사람은 모두 귀신이 되겠지 귀신은 사람이 될 수 없다 편도선 때문이지 죽어야 할 수 있는 말이 있지 않습니까

생각의 바깥을 배회하는 귀신은 투명하겠지

누가 삶을 이야기합니까 죽어 본 사람들만 할 수 있는 말이 있다 산 사람들은 오답만을 적어 내고 귀신들만 삶에 관해 이야기할 수 있다 섬에서 살다가 섬에서 귀신이 되어 사는 사람에 대해 생각한다 섬에는 귀신이 계속 쌓이고

사후의 뱀

—

　모험을 떠날 수 없는 것은
　악당들이 선량해져서야

　누구도 죽어선 안 된다
　이런 규칙을 가지고는 소설도 쓸 수 없지
　인물들이 죽기 직전까지만 쓰면 안 될까
　누구도 죽지 않는다면 아무도 태어나선 안 돼
　그건 이름만 가득한 소설이 될 테니까
　이 지옥에서 사람들이 빨리 나갈 수 있게 해 주세요
　다르게 말한다면
　다 죽어라
　여기서 행복하다는 말은 지옥의 구성원이라는 말이지
　You must combat home

　죽어도 말할 수 있기로 해 죽어서도 들을 수 있기로 해 거기 있는 거 알아 말 안 해도 알아 나는 보인다 항복이 가득한 집 나는 귀신을 들이마시고 내뱉는다 사후 겸직은 안 되는 겁니까 나는 귀신으로 살고 싶습니다 밤의 용사라는 말을 들었다 나는 밤마다 침대 위에 엎어져 꿈에 달려가고 꿈속에서는 사람을 죽일 수 있게 해 주세요 더 큰 죄를 행할

수 있게 해 주세요 나는 꿈을 추고 춤을 꾼다 입자를 벗고
천천히 날아오릅시다 상상력이 부족하면 꿈을 꾸어 온다
훔친 게 아닙니다 잠시 빌려 온 겁니다 내일을 향해 쏘리
미안하다고 말하면 됐지 도적적인 도덕이 필요할 때도 있
지 고장 난 뱀을 가방 속에 조금 넣고 다닐 뿐이야 죽은 거
아니니 혐오스럽다고 함부로 죽이지 마세요 꿈틀, 꿈을 찍
어 내는 겁니다 꿈틀꿈틀 시간이 지나면 다시 살아날 겁니
다 신의 과오가 있기를

　김건영은 들고 있던 가방을 활짝 열었다
　나는 나의 마음을 미끼로 했어요
　아군은 적군
　적군은 많군
　저기엔 적의가 가득하단다 가방 속의 뱀들이 속삭인다
　적의를 보이지 않는 저의가 무어냐
　기역이 사라졌습니다
　뼈는 익을수록 고기를 속인다
　신에게는 아직도 열두 제자가 있습디다
　신도 신도도 나에게 팬티를 벗어 주지 않으면서 자꾸 요
구만 한다

뱀들이 묻는다 김건영이 묻는다 정말로 제대로 읽고 있는 것 맞습니까 누구도 죽어선 안 됩니다 이건 도박판이 아니니까요 나는 마음속에서 법을 만들고 그 법을 어깁니다 악당들의 마음을 이해할 수 있습니다 재미있다는 것은 계속할 수 있다는 말 김건영은 가방 속에서 계속 뱀을 꺼낸다

나는 적갈색 노을을 보았다고 했다

너는 젓갈색 노을을 보았다고 했다

우리는 서로를 killkill대며 맞았다고 합니다

맞아도 싸지요

도와줘

또 와 줘

우리가 또 뭘 제대로 들었지

갈라서

갈라쇼

향연입니다

화엄을 찾아

화염을 찾아

환영합니다

환영입니다
내 사랑은 너무 살이 쪄서 몸 밖으로 나오지 못하고
가엾은 내 사랑 빈티지에 갇혔네

내가 만든 함정은 훗날 우주를 건너갈 것이다
아무도 이해하지 못하는 채로
걸러질 것이다
눈물 속에서도 떠올라야 하는 부레 전차로

시내 아이들은 모두 춤춘다
이건 지방 혐오예요
더 엎드려야 한다
뱀의 길로 다니면 뱀을 만날 수 있다
그리고 밤과 뱀은 후일 담을 넘어 계속된다
너희 중 죄 있는 자 내게 돈을 던져라
하여튼 악당들은 존나게 선량해져서 모험을 떠날 수가
없다

토황소격문

一

사는 자들은 행복하라 아니 항복하라
집 도착증에 걸린 우리들아
지주(蜘蛛)는 팔이나 다리가 많다
집 속에서도 집을 짓는다
우리들은 색적(索敵)하리라
그물을 자아낸다
모험과 모함 사이에서 행복하라

입술을 비집고 격렬한 불의(不意)의 노래가 터져 나온다 우리들은 항복하고 협동조합의 힘으로 혈통조합을 이겨 낼 수 있다 티파티에서 아첨을 무릎을 꿇고 물음을 끊고 모른다는 것을 모르면 다 아는 사람이 된다 작고 거대한 사람들이 손을 잡는다 흐린 기업 속의 기대 우리는 서로가 잘 보이지 않아 행복하다 못해 항복한다 원수는 왜 나무다리에서 만나는가 May the POS기(機) with you 여기는 편의점(便宜店)인데 잠시 변의점(便意店)이 된다 똑바로 살아, 라고 비틀거리는 사람이 말한다 너 내 도료(塗料)가 돼라 동전이 별자리처럼 펼쳐진다 해적은 역시 낭만적이야 밤하늘을 그리려면 바탕을 잘 그려야 해 거미야 을의 집에 왜 왔니 왜 왔니……

　나의 지옥에 누구라도 들어오는 것은 무섭다 자연스럽게 순리적으로 살아 자기 역할에 충실해야지 아시다시피 지주는 팔이나 다리가 많다 각자의 자리에서 모두 열심히 하면 아름다운 사회가 오는 거야 충분히 발달한 가학기술은 마법과 구별할 수 없다 이건 구조적 문제야 놀랍게도 아무도 잘못이 없다 도대체 누가 잘못한 거지 지독하게 건강한 우리는 영웅 황금박쥐 아주 오랫동안 빛나던 문틈의 빛 앞에 모여 복권(復權)을 꿈꾼다

　이것은 예술 복제 시대의 기술작품 낡았고 또 낡았지 그러나 아무려면 어떠리 이것은 모험이나 모함이니까 메타적 매타작이니까 눈뜬장님들아 편을 들어라 편의점에 가라 이 속에는 영웅도 악당도 있고 이 시의 바깥에는 언제나 새로운 것이 있다 나 정도는 낡아 가도 되잖아 배타적인 십할(十割) 놈들아 내 시 속이니까 우리는 고작 이런 불평을 하며 소고기나 구워 먹으러 가겠지 무한(無限)Refill이라니 역시 충분히 발달한 과학은

개발 그만해 이러다 다 죽어

옷기지 않습니까 내 집값은 오르고 부동산 시장은 안정되어야 한다고 말하는 사람들이 지금 이게 시냐고 묻는 겁니까 그럼 지금 집값은 말이 되냐고 되묻고 싶습니다 이제 제 이름으로 된 집이 없으면 어른이 아니잖아요 매도하지 말라고 하셨나요 뭐라도 매도(賣渡)할 게 있었으면 좋겠네요 그리고 사랑의 매도 좋겠네요

저는 어릴 때부터 '세계'라는 말이 '생계'로 들렸어요 내 귀는 가난하고 멍청해서 고장 나지는 않았지만 상상력이 부족했죠 집이 없는 아이는 뺨을 자주 맞는다니까요 선생님이나 동네 아이들의 어미 아비들이 내 뺨의 단골이었죠 그러니까 내 친부의 집은 어디인가 그는 작은 단지에 들어가셨고 남의 집이던 우리 집 안에서 비가 되었어요 아버지라는 말이 나오면 천천히 춤을 춥니다 이를테면 남겨진 가족들은 백 초의 호수, 우화한 아버지는 아픈 몸을 둥글게 말아 잘 익은 새우처럼 구부러지거나 눈물처럼 바닥에 모로 누웠습니다 왜 사랑하는 사람들은 작아지기만 할까요 집은 만들고 사람은 안 만들고 언젠가 큰 사람 먹고 큰 사달 내야지 이런 광고 문구를 들었습니다 저는 제발이라는 말을 개발로 알아듣습니다 암이 재발했다는 말은 개발로 알아듣기 어려웠습니다만 자기 개발서를 싫어합니다 이게

시가 맞냐구요 모두 서울시에 살고 싶어 하잖아요 그게 더
문제 아닙니까

No˅Mad land

一   즐거운 나의 집은 남의 집
      즐거운 남의 집이 나의 집

　　창문은 이빨과 같이 풍경을 물고 놓지 않는다 문은 열리
고 닫힌다 눈꺼풀이 이겨 놓은 잠은 잘게 부서져 있다 이
지러진 형광빛 파편이 2종 근린의 안쪽을 치장하고 있다
집은 어째서 아름다운가 집이 사람을 먹는다는 것은 모두
가 알고 있는 사실 밤은 나의 어금니를 더욱 날카롭게 한
다 사람은 죽어서 집을 남긴다 집이 자라면 사람이 죽는다

      나의 집은 남의 집
      남의 집이 나의 집
      즐거운 곳에서는 날 오락하여도
      슬픔이 나의 집
      니미 집은 역시 남의 집이지
      세입자(細粒子)는 작아진다

　　오른다 집은 올라야 하는 것 남의 집에는 올라서 도착한
다 동산은 언덕이다 부동산도 언덕이다 미들 사람 하나 없
네 집은 사람을 오른다 집을 가진 자들의 도착은 끝이 없다

이제 화도 나지 않는다 분노는 가치 없는 분뇨다 공멸의
함정이다 그러나 낙법도 법이다 떨어지는 것이 더 아름답
다 숲속의 새들이 떨지 않도록 불이라도 지르지 않을래 하
늘은 스스로 굽는 자를 돕는다 더 올라 봐라 타오르면 그
만이야 아무래도 노략이 부족하다 우리 땀따먹기 할래 나
는 즐거운 뺨치기 소년 이게 정상(頂上)이냐 우리의 선량(先良)
한 세계를 사랑하자 우리는 job놈들이지 직장(直腸)이 있다
우리에게 잡신의 과오가 있기를

나 홀로그램 집에

집이 있고 사람 위에 사람이 있다 아래에도 집이 있고 사람이 있다 공중에 있는 집은 비싸, 누군가 말했다 머릿속에서 산다는 게 뭐지 물으면 산다는 건 집을 사는 거지 집을 대신 살아 주는 거야 집은 발이 없으니까 발 없는 집이 천 리를 간다던대요 그래서 저는 머릿속에 집을 넣고 삽니다 모두가 집을 사랑하니까 다들 집도착증에 걸렸잖아 누구나 집으로 돌아가 집 없는 사람들도 집으로 돌아가 집에서 울지 그러나 집에는 항상 누군가 있고 그건 주인이다 집요하다는 말은 떠오르고 가라앉는다 집은 사람보다 비싸니까 싼 건 입밖에 없는 사람입니다 집은 사람보다 단단하니까 새는 집을 어디에나 지어요 본인을 새에 비유하시는 건가요 그런 말에 부끄러워진다 제가 날기에는 좀 무겁죠 하고 웃으며 어떻게 사람이 사람 위에서 먹고 마십니까 공기를 마십니까 아무거나 새로 만드는 이야기가 낫지

액수를 늘려 조의를 표하십시오

걷다가 죽은 새를 보았다
슬프지 않았다
걸음이 가벼워졌다

화로에 둘러앉아 지인과 소주를 마신다 세세리 한 접시
주세요 이 한 접시에 닭 목이 몇 개야 몇 개의 목숨이야 태
연하게 말한다 히드라를 떠올린다 우리의 입에는 독이 있
어요 먹고산다 이런 말을 손쉽게 한다

하수구를 드나드는 생쥐를 보았다
비 맞는 고양이도 보았다
사람들은 우산을 쓰고 간다

나는 선량하고 그저 입속에 죽은 새가 드나든 것뿐입니
다 슬플 때도 가볍게 걸어 다닌 죄밖에 없습니다 나는 가
난하기 때문에 죄를 지을 능력도 없습니다 그런데 내 목에
는 독이 있고 머리가 여러 개 자라기도 합니다
  돈을 좀 주세요 아홉 번쯤 이야기합니다 이상하죠 돈을
벌면 사악해지고 배고프면 더더욱 사악해집니다 반성할 시
간도 돈이 드는 세상입니다 머리가 많아질수록 몸은 두꺼

워지는 것입니다 여기 세세리나 한 접시 더 주세요 아무렇
게나 제의(祭儀)를 한다

차용가

서울 밝은 달에 밤새 들이붓다 남의 집인 내 집에 들어가 침대를 보니 다리가 넷이라 둘은 나의 것 둘은 이자의 것이다 발에도 이자(利子)가 붙네 이자는 이자(利子)이다 이자액은 누구나 몸에 품고 있다 이것을 맛보면 매우 쓰다 이자(利子) 앞에서 누구나 간도 쓸개도 꺼내 줄 것처럼 굴어야 한다 금리환향(金利還鄕)이로다 아내는 일어나고 이자(利子)의 역신도 일어나면 방은 집(宀)중호우 어이도 없고 아이도 없다 대신 네발로 기어다니면 이자는 또 나타난다 기적보다는 기저귀가 간절하다 개똥밭에 굴러도 이승(二乘)이 좋아 이자들은 창궐 중 구르다 보면 다리는 여덟 개 요즘 비(스)트코인이 유행이라면서요 환산할 노릇이죠 또 속냐 중생들아 나는 미리 부는 사나이 예언가와 애연가의 사이에서 언어를 빌어 언어로 빌어먹는 무전부주의자(無錢不注意者) 언제나 가난이 오나니 대책을 마련하라 널리 인간을 이롭게 하다 보니 인간은 복리(複利)로 불어나 이율은 사람을 이울게 하는 일 빌린 사람들만 늘어나니 빌런들만 더 늘어 오직 사람 잡는 사람만이 살아남는다 주변에 역신이 없다면 네가 바로 역시 역신 진리는 질리니까 정겨운 진리지 이것은 나의 사설 시비조 새는 날기 위해 똥을 싼다 Who lied 치킨, 나에게 거짓말만 해 대던 겁쟁이들아 이제 가라(아게) 삶은 미뢰에

—

맡기자 지난 저녁 소 혀를 맛나게 씹던 동지들아 혓바닥이 길어 슬픈 짐승이여 우리가 씹던 단무지의 노란빛을 기억 하는가 서로의 무지를 잘라 주려다 머리를 자를 것처럼 싸 웠던 밤 우리에겐 가짜로 진짜를 말할 권리가 있었다 Lie Sense가 있다 그러니 이자가 나를 울게 한다 말할 수 있소 이자 때문에 우리는 모두 싸웠소 가난(家難)이 우리를 가난 (加難)하게 하리니 우리는 혼자서도 자주 네발이 되고

—

기어 오는 홍동(哄動)

  방은 이빨도 없이 흐물거리는 몸을 씹는다 너는 아름다운 부품이야 Gear 온다 이건 위장(僞裝)이고 위장(胃腸)이지 네가 들어갈 때마다 더워지는 쥐색 몸이 있다 너는 네 방의 진짜 이름을 알고 있느냐고 묻지 인간이 지어 준 이름 말고, 우리는 부르기 두려운 것은 없는 것이라고 말한다 달은 고름이 낀 눈알처럼 떠 있다 빛나는데도 어둠이 선명해지는 것을 우리는 무서워하지 않고 달은 떠오르며 나를 속여 주는 목소리 너에게는 돈이 생긴다고, 너는 무엇을 팔고 있는 것일까 언젠가 곧 저금마저 죽으리니 이것도 시대가 되겠지 목에 감긴 어둠 속에서 알약처럼 누워 세계는 평온하다 믿는 정교한 부품이 되겠지 부푸는 몸을 건강하다 믿는다 우리를 삼키며 우리보다 건강할 밤의 생명은 우리를 먹고 몸을 키우는 거겠지 네가 죽인 화분 속의 식물들이 네 이름을 되뇌고 있다는 것을 모르는 채로 아름답지, 자 발음해 봐 구조와 수조, 구조와 수조 어느 쪽이 더 좋냐고 묻는 참으로 아름다운 아침이 온다 아름다운 기형과 착취가 정의로운 법으로 배달될 거야 어디든 사인을 해 대고 곧 지금마저 죽으리니 사인(死因)은 모르는 게 편하지 어둠이 얌전한 거머리일 때가 더 행복할 것이니

자기기만의 방

一   사랑에 대해 생각하면
     사랑은 생각과는 상관없다는 걸 안다

     그가 오기 전에는 컵을 씻어 놔야지
     변기를 닦고

     껍데기는 까라
     벗기는 사람이 있고
     벗겨지는 것은 버려진다
     살아 있는 것들은 왜 모두 허물을 만들까
     살아 있으면 왜 쓰레기가 생길까

     허기에 대해 생각하면
     사랑은 상관없다는 걸 안다
     분리배출 가능

     다시 사랑에 대해 생각하면
     돈 들어 움직이면 쓴다

—   자유는 좋은 건데 신(神)자유주의는 뭐야

보안과 안보는 뭐가 달라
밖에서 잠그고 안에서 잠그고
달라,
라고 말하는 미제의 앞잡이도 있고
너랑 나랑 나랑 너랑은
가격(價格)이지 가격(加擊)
그러니까 달라

사랑받고 싶은 사람은 운다
사랑을 주고 싶은 사람은 울지 않는데
그도 사랑받고 싶은 걸 안다

살아 있는 거 지겹지 않니
조용히 좀 해
그러면 나는 조용해진다
귀신 같으니라고
밥을 먹고 또 먹고
분리거수를 해야지
요즘은 사람보다
집이 더 무섭지 않니 하면서

둘라한

―

　나는 사유(私有)한다 내 머리는 내 것이니까 집에 두고 왔습니다 기사식당에서는 밑반찬이 떨어져도 가만히 있는다 주문하지 않는다 머리는 집에 두고 왔습니다 고기를 먹어도 미안하지 않고 아무도 미워하지 않는다 돼지는 그렇게나 죽여 대면서도 돈은 왜 멸종하지도 않는 건지 머리가 없는 날에는 옆구리가 허전하고 머리가 없어도 달릴 수는 있다

　그는 자기 장례식에도 늦을 거야 머리를 자주 두고 다니더라 내가 좋아했던 사람은 언제나 장례식장에서 마지막으로 본다 표정이 없구나 두고 왔습니다

　기쁠 때는 노래를 부르고 슬플 때는 노래를 만든다
　다만 머리만 집에 두고 온 가수 혹은 기수
　머리를 집에 두고 와서 바닥에 침을 뱉지 않는다
　세상에서 가장 무거운 경범죄를 생각하며
　나의 안쪽엔 내가 없는 걸 들키기 전에 집에다 머리를 두고 언제나 전진한다

―

　타오를수록 어두워지는 표정 빛난 적 없는 내 머리통아

머리는 집에서 어둠을 삼킨다 그것은 알약처럼 바닥에
굴러떨어지고 있다 내 머리는 어둠을 뭉쳐 둥지에 낳는 새

집에서 머리는 말하고 있다
나의 공세종말점은 우리입니다
너의 교착상태는 우리입니다
나는 사유할 수밖에 없고 무력에 압도당하고 무력합니다
머리는 집 밖에 나가기 싫다 옆구리에 끼워지면 어지럽다
사방에 공제선이 있고 어두워진다

유월

一

　레몬을 키우자 했다

　열매를 맺어도 시끄럽지 않을 것이었다

　그때는 유월이었는데 기록을 오래 긁었더니 우월이다

　유(有)에서 우(愚)로 절룩거리는 글자가 있다

　우월에는 저도 모르게 숲속 깊이 혼자 걸어 들어가 일행을
놓친다 눈이 어두워지는 일이다

　달력은 색맹검사지처럼 울렁거린다

　한 점만 떨어져도 약속이 아니게 된다

　우월(雨月)은 음력 오월을 이르는 말이래요

　목소리는 혼자 빠져나갔다

　먼지가 날리는 방 안에서

　혼자 우산을 쓰고 앉아 있다

　근심이란 마른 방에서 물에 빠져 허우적대는 일

　레몬을 키우자 했었는데 화분만 사 놓았다

　방 안에 레몬이 열리면 침이 고일 것이다

　유월에는 절반이 사라져 있다

一

　아픈 고양이가 우산 속으로 들어온다

　고양이 간식에 염증약을 섞어 준다

　그에게 간식은 맛있고 낫는 것

　조금은 다르다고 말해 줘도 그는 간식이 든 서랍을 앞발로
연다

　나는 먼지 섞인 방을 약으로 마시고 있다

감나빗

—

처음으로 창밖에서 떨던 겨울나무를 알아차린 게 몇 살 때였더라
아직도 그것들이 매일 밤 떨고 있다는 것을 안다
눈을 감으면 마음이 낫던 때가 있었는데

그림자는 아무것도 아니야
이제 눈을 감아
보이지 않는 것은 없는 거라고

아름다워지려면 모르는 게 좋더라
지식이 밥 먹여 주냐
고지식하단 말이나 듣지
너무 깊이 알면 착해질 수도 없어
알면 알수록 무서운 것들이 늘어나
눈을 감으면 좋은 점이 많아

이제 그림자도 정말 무섭다는 걸 알아
이제 눈을 감아
보이지 않는 것은 없는 거라고

—

．

나는 가만히 있었는데 왜 나를 때려요
그러게 왜 가만히 있었어요
창밖에서 떨고 있는 겨울나무처럼
가만히 흔들렸겠지
눈을 감는 아이들이 있겠지

이제 눈을 감고
짙은 그림자를 바라보면서
숫자를 거꾸로 세 봐
귀신이 되면 귀신이 무섭지 않아
아름다운 것들을 사랑하면
혐오하는 것이 는다는 사실을 잊으면서
이제 눈을 또 감아

달 과육 펜스

—

　동물을 보면 기분이 낫는다 인간을 보면 가라앉기만 한다 인간은 짐승입니다 어깨가 부어오른 것을 날개라고 부릅니까 나쁜 사람과 더 나쁜 사람밖에 없는 밤이다 어두우니까 무섭기만 해서 다행이다 멀리 있는 것은 작아 보이니 다행이다 잘못된 띄어쓰기처럼 골목은 헐렁거린다 새벽에 던지는 대화 속에는 휴지가 있다 나는 일부러 알아들을 수 없는 말을 하는 것이 아닙니다 한 걸음 옆으로 간 사람이 사라진 걸 못 보았습니까 사건은 한낮에 더 많이 일어나잖아요 사람들이 아침에 일어난다 이것은 사건이고 순식간에 갈라지며 영영 다른 단어로 가는 안전한 단어들 선량한 악의 그런 게 없다고는 말 못 하지 지들도 모르면서 아는 척하는 아침 같은 거 차라리 짐승이 동물이 낫다니까요 식탁 위에는 밀회용 젓가락 짝을 맞춰 누워 있다 말없이 먹는다 안전하다 휴지 좀 줄래 말이 없어지는 사람들 휴지가 필요하다 밤이 나쁜가요 낮이 나쁜가요 달은 기울 때에 더 마음이 가고 밝은 미지는 없습니다 밤의 묘사는 아직도 남아 있어서 어린 시인들이 발생한다 한낮에는 저 하늘 끝에서 정의로운 나의 켐트레일 그어진다 아무것도 아닌 것에 의미를 부여하는 밑줄처럼 날카로운 니들은 아무것도 아니야 니들은 바늘이야 우리는 무엇을 제대로 말하지 않기

56

위해 살아야 하는가 모두(冒頭)를 위한 최후 발언을 준비해
야지 모두를 조심해야지

위로는 위로가 안 돼

　암이 전이되었다는 소식에 아버지는 가만히 눈을 감고 아무런 말씀도 하지 않았다 위로할 방법이 없어 입을 닫고 있다가 미스터 트롯을 틀어 드렸다 아버지께서 웃으셨다 위로는 윗사람에게 어떻게 하는 거지 받는 사람은 받기만 해서 모른다

　실연당한 친구는 자꾸 울기만 했다 어떤 말로도 위로가 되지 않아서 소고기를 사 주었다 먹다가 다시 울먹이며 친구가 말했다 이렇게 슬픈데 고기는 왜 맛있냐

　마음을 다해도 위로가 안 돼 어떤 충고는 고충이 된다 꼰대가 되지 않으려거든 말없이 소고기를 사거나 세상을 위한 밧줄이나 될 것

　정말 말로는 안 되는 게 있다 어떤 위로도 위로가 되지 않을 때 무얼 하지 사실 무얼 해도 안 돼 하지 마 행복추구권 말고 항복추구권 이것은 파이트가 아니다 일방적 구타지 희망 고문이지 게임이 안 돼 게임이 현실에서 안 되니 게임이라도 하지 게임하는 애들 괴롭히지 마라

　나비처럼 벌어서 벌처럼 쓴다 그래도 집은 못 사 그래서 아이를 못 낳아 네 아이의 친구를 앗아 갈 거야 위로가 안 되니 위로 한마디 하는 거지 뭐 위로는 아래로 해야지

세계를 미워할 거면 날카롭게 미워하자 타인을 괴롭히지 않는 선에서 우리 국민 하고 싶은 거 다 해 뿌리 깊은 나무는 바람의 아니무스 참고 버티기만 하면 뭐가 좋냐 아니 누가 좋냐고 말하면서 맛있는 것을 사 먹고 힘내야지 더 굵은 밧줄이 될 수 있도록

그래도 지구는 돌았다
그러나 살다 보면 세상엔 아름다운 일이 좀 있을 거야(정말일까)
그러니 이 시 비슷한 것을 빠져나오며 또 한마디 한다
우리는 아무것도 안 하고 시간만 벼리고 있구나
벼린 시간이 우리를 단단하게 할 거야(정말로)

트리피드의 날

—

　동물원에 가자 했지요 갇혀 있는 동물들에게 미안하지만
보러 가지 않는 것도 미안하다 했어요 우리 수족관에도 가
고 식물원에도 가요 멀리서 저녁 식사의 메뉴를 묻는다 그
게 궁금한 게 아닙니다 뭐라도 묻지 않으면 견딜 수 없어
서, 진실해질까 무섭다 하늘에는 관찰자의 눈알들이 선명
하고

　어떻게 살아야 하죠 따듯해지는 벽이 있었으면 좋겠어요
어째서 바닥만 따듯해지는지 나는 이 세상을 사랑하지 않
는데도 사랑하느라 힘이 들고 진실을 참아야 할 때가 있다
사람들은 화를 내고 밤이 언제나 온다 꿈속에 뿌리를 내리
고 말해야지 아무렇게나 말해야지 선량한 사람들이 꿈속
까지 쫓아올 때가 있다

　시집을 읽으면서 생각한다 남의 슬픔을 이렇게 기쁘게 읽
어도 되는가 걸어 다니는 식물처럼 눈을 껌뻑인다 타인의
슬픔으로 기꺼이 연명하자 다들 그러더라 괴물도 못 된 고
물들이 걸어 다닌다 몸속에서 화분과 분노를 기르고 있다

—

　아버지는 너무 많이 참았죠 아버지의 바깥에서 나는 자

랐고 안쪽에서는 암이 자라고 있었다 나의 안쪽에서 아버지가 자라고 있다 때로 던질 말이 없어서 화분의 안부를 물었죠 술을 마시고 희망보다는 하몽이 삶에 유익하다고 뜨거운 물과 한 줌의 커피로 어둠을 기른다 물을 줘야지 씻고 마시고 식물은 한밤중을 걸어가고 화분만 남는다 길러야지

병(病) 속의 편지

―

　누군가 신호를 적어 놓았다 문제가 있습니다 몸속에서
생겨나는 것이 있다 기호를 받아들이면서 이별이 늘어나
요 늘어납니다 잊어버린 것들이

　아픈 사람이 가득하다 복도는 하얗다 꺼지지 않는다 아
직 잃어버리지 않은 것들은 잃어버릴 예정입니다 더 이상
골목에 불이 꺼진 창문을 세지 않는다 잠든 사람들과 빈집
이 구분되지 않는다 병원(病原)이라 부를까

　병상에서 쉬는 것은 몸속의 병이겠지 편안한 병 아픈 사
람들은 속이 빈 것처럼 바람 소리를 낸다 병은 투명하고
단단하다 무슨 할 말이 있는 것 같은데 입을 꾹 닫고 있다
기호는 스스로 도착해야 한다는 것을 안다 이것의 이름은
무엇입니까 이름을 알게 되면 나아지는 것이 있습니까 농
담은 자주 미끄러진다 병 속의 편지를 아시나요 병 속의
기호를 꺼내 읽는다면 어떻게 되는 건가요 의미 없는 말들
을 하면서 의미를 더듬고 있다 어째서 슬픔은 성공적으로
도착하고 마는가

　꽃들은 잎들은 보고 있으면 자라지 않는다 봄이 오면 잎
들을 보러 가요 헐벗은 나무들의 이름을 확인하러 가요 그
것을 읽어 보고 싶군요

―

라이덴병

  우리 얼룩을 만들지 않을래 어디에서 봐도 잘못이 아닌 사변적인 얼룩을 공기 중에 투명한 얼룩을 우유 잔에 우윳빛 얼룩을 몸속에 핏빛 얼룩을 숨만 쉬어도 생기는 것을 누구나 알 수 있게 정교하게 쓰다듬으며 같이 만들지 않을래 외롭지 않다고 말하면서 외로운 사람이 된다 유리가 언제 발명됐는지 몰라 모른다구 말하는 것은 쉽다 할 수 있는 일을 하는 건 쉽다 할 수 없는 일을 할 수 있게 되면 얼마나 좋을까 이것 봐 책들은 떠들어 봐도 시끄럽지 않다 책은 말하지 않는다 말해진 것이다 우리가 모은 것은 보이지 않는다 사람은 다 똑같은데 모두 다른 일을 한다고 믿는다 우리는 무섭다 상악과 하악이 다른 노래를 부르고 있다 우리는 발음할 수 없는 이름을 부른다 책 속에는 알 수 없는 것들이 많아서 좋다 발명할 수 없는 것을 발명할 수 있도록 말한다 우리는 입술이 비틀거린다라고 쓴다 실험한다 알았던 것들을 모르는 척하면서 기록하면서 우리 사이에 새로운 것이 나타난다 우리를 닮았는데 새로운 이름을 붙여야 한다 투명한 공포에 잠기면서

사카린

　　공포에 이름을 짓고
　　더 많은 귀신을 본다

　　치통과 통치
　　어느 것이 더 아픈가
　　입을 벌리고 의사소통을 한다
　　아말감, 입안에 들어 있는 것을 발음하며
　　타는 냄새와 함께 나아간다
　　충치와 함께 빛나던 나머지 치아들이 있었다
　　밤의 골목에서 입을 헹구면
　　비명과 침묵의 색깔이 맑다

　　입속에 창문이 있는 사람이 한때 입을 열었고
　　언제나 밤이어서 풍경이 보이지 않았다
　　내 소원은 신살성인(神殺聖人)
　　더 말하면 입안의 흑염룡이 날뛰고 말 거야

　　가로등 빛이 설탕처럼 흩뿌려져 있어도
　　그는 영영 입을 열지 않았다
—　　같은 날에 집에 있던 전구들이 고장 나기 시작했다 베란

64

다와 화장실 안방과 거실 차례로 깜깜해진다 수명이라는
게 있는 거구나 같이 태어나서 먼저 죽은 것들을 생각한다
우리는 찰나니까 잠시 안심이 된다

　내가 어린 것들을 죄 없이 바라볼 수 있게 해 주는 말이
다 주저하던 저주를 손아귀에 꼭 쥐고 걷는다 방 안에서도
볼 수 있는 별들의 고공 행진 어찌하여 노동자들은 높은
곳으로 올라가야 하는가 내 잘못의 탄착군을 생각한다 얼
마나 더 의도적으로 잘못을 행해야 하는가

　공포는 달콤하고 어둠보다 더 많은 곳을 채울 수 있다

유리를 만지는 병

—

　같이 죽을래요라고 물어본 사람이 있었다 유리를 만지면 부서지는 기분이 든다 손끝이 터져 나간다 같이 죽는다는 것은 어떻게 하는 것인가 같이 있다가도 죽을 때는 혼자다 벽에 기대 버려야 한다 같이 죽겠다고 했는데 아무도 죽지 않았다 사람들은 자꾸 유리 속으로 걸어 들어간다 아주 작아져서 사라질 때까지 깊이 들어간다 유리 속에서 사라진다 아무도 유리 안에 있을 수 없다 입을 닫는 사람처럼 유리는 날카롭게 닫힌다 유리를 오래 만지면 잠들 수 없다 오래 바라보면 흔들리며 취한다 유리는 차갑다 변하지 않는다 유리를 오래 들여다보는데도 유리를 볼 수 없다 맺힌 상을 볼 수 있다 유리에는 아무것도 스미지 않는다 유리는 변하지 않는다 유리에는 보이는 것만이 들어 있는가 유리는 지구 바깥에서 지구를 처음 본 사람이다 유리는 영영 사라지지 않고 부서지기만 한다 같이 죽을래요라고 묻는 것처럼 작고 날카로운 유리들이 된다 눈에 보이지 않을 때까지 뾰족한 표정은 부서진다

—

코카트리스

나의 일부는 언제나 춥거나 덥다 아무도 공격하지 않고 돈을 버는 방법은 있습니까 배고프거나 배부른 상태밖에 없는 나날들 나의 일부는 언제나 뜨겁게 태어나고 싶다 편의점 도시락 껍데기가 내장을 파먹힌 채로 있다 해야 할 일들이 너무 많다 정리를 해야 지옥에 갈 수 있다 괴물은 가끔 차를 마시고 생각을 정리한다 알이 되고 싶다 그래야 떠도는 소문처럼 태어날 수 있다

그의 눈을 마주 보고 돌이 되지 않은 자는 없다 그의 정원에는 살아 있는 사람들이 영원히 춤추고 있었다

수탉이 알을 낳으면 세계가 멸망합니다 단 한 마리의 코카트리스가 모든 세계를 돌로 만들 수 있다 그래서 당신은 돌머리군요 괴물이 어디 있습니까 보이지 않습니다 아름다운 돌의 정원이 있군요 어디서 태어나든 그게 죄입니까 태어난 것을 보고 결과만을 공격하는 선량한 사람들 앞에서 어떤 말을 던질 것인가 당신은 거울을 본 적이 있습니까

어느 날은 두 마리의 코카트리스가 서로를 마주 보았고 그들의 세상은 영원히 멈추었다 애수천국 물신지옥(哀愁天國

—
物信地獄) 애인은 항상 마지막에 가서 우리의 관계를 종교로 만들었다 괴물이든 아니든 상관없는 괴물이 있다

내가 태어난 것을 본 사람들을 모두 죽이고 싶다 나는 내가 태어났다는 소문이 되고 싶다 나를 보고 돌아간 사람은 아무도 없는데 모두 내 형상을 알고 있다 말하고 움직이는 돌이 어딘가에 있다

어떤 괴물들은 도전할 가치도 없어서 용사의 관심을 벗어난다 괴물 아닌 괴물이 있다 경험치도 안 주면서 공략은 까다로운 괴물들이 있다 멋대로 살아남아 자기가 거물이 된 양 거들먹거리는 것들이 도처에 있다

—

바실리스크

나의 기행문(奇行文)에게   一

누가 나를 때리기 전에 서둘러 내 코를 두들기는 기쁨이
있다 나의 올드 스쿨 스타일

낮에 아무도 집에 없는 아이의 표정에서는 먼지 냄새가
난다 열쭝이를 발견한 사람들의 눈빛이 대낮을 뜨겁게 달
군다 나약한 것을 보면 입에 침이 고인다 입맛을 다시는
분들 어서 오시고 눈알은 불알이시고 사냥감은 영영 사냥
에 익숙해지지 않는다 집에 돌아가면 더 이상 돌아갈 곳이
없다 눈빛은 어디에나 있으시고 강해지라는 말은 돌이 되
라는 말이었죠

돌이 천천히 우는 것이 먼지다 미세먼지라구요 아니요
나는 밑에 먼지요 말도 안 통하는 완벽한 세계를 이렇게
만든 신을 믿냐구요 신도 B.C. 올드 스쿨에 갔지 우리들은
일억 년 어서어서 모이자

나를 괴롭혔던 이들을 추억하며 괴물의 이름을 적어 둔
수첩이 있다 요즘 제일 무서운 신은 어르신이죠 수첩 내려
놓고 내려와 내려와 봐 바닥에 한번 붙어 보자 노 블레스
(No bless) 오물주의(汚物注意)   一

네트는 광대다 연결은 편안하다 그러나 한 걸음만 더 나아가 보시라 얼마나 많은 돌이 날아오는지 선한 사람들은 주먹을 쥐고 빽 없는 선한 사람을 쥐고 흔든다 동정이 흩뿌려진다 선한 이들의 행함은 나를 헐떡거리게 한다

네 시선 때문에 내 어둠이 발기했어 불의의 전차를 타고 달려가 그걸 어디든 넣고 싶다 신선한 악의를 받아 보라고 우리는 연결되어 있다 연결되다 말고 사람들에게 사랑받으면 어떡하지 더 이상 미워할 힘을 잃으면 어떡하지 내일은 내일의 궤양이 온다

세상이 더 이상 무섭지 않으면 어떡하지 나는 알을 낳겠어요 계란 말고 교란으로 바위를 치겠어요

도플갱어

집에 움직이는 돌이 있다 아니다 그것은 인형이다 나의 인형은 언제나 떠돈다 나는 둘이 아니다 집에 가면 언제나 자리를 비운 인형이 있다 내가 없을 때는 인형이 있다 문을 잠가 놓아도 드나든다 잠든 사이에도 인형이 드나든다 인형은 잠시 울다 간다 인형은 죽어서도 농담을 할 거라고 했다 을의 집에 왜 왔니 돈 찾으러 왔단다 내 곁에는 백 초의 호수가 있다 화분에 물을 준다 잘 모르는 노래를 반복할 거야

반복할 거야 인형은 골목에서 떠든다 술을 마실 거고 정치적으로 충분히 나약해진 아버지들을 생각한다 인형은 고깃집에 드나든다 내가 죽인 건 아니지만 이건 그냥 정렬된 슬픔이죠 나는 고기처럼 누워 어느 날 들었던 강연을 떠올린다 날 썰게 하기가 바로 문학이죠 인형은 읊조린다 이제부터 혼자서 싸우려면 내가 필요할 거야 인형은 낭독한다 혼자병법, 네가 이기면 네가 지는 거야 네가 지면 네가 지는 거야

그 건너 그건 나다 매일은 기일이다 나는 나를 다시 만날 수는 없겠지만 만나면 발화할 거야 만나서 반 갚습니다 하지만 이제 영영 인형을 만날 수는 없지 나란하던 내 개의, 네 개의 다리를 볼 수 없지 내 일기를 대신 써 주던 인형은

떠돌고 반복하고 번복하고 산책한다 슬프거나 기쁘거나
고깃집에 드나든다

잘살게 해 주세요

작은 일에 슬퍼하지 않고 감추어진 악을 주의 깊게 막아 내려 하지도 않고 나보다 커다란 악은 이해를 포기하고 기괴한 시를 쓰지 않고 알아들을 수 있는 말들로만 시를 짓고 신이라는 관념을 조롱하지 않고 자본주의의 교환가치를 신봉하고 멍청하게 양보하지 않고 똑똑하게 적당히 떼를 쓰고 반어법을 덜 쓰고 열심히 멍청해지고 배배 꼬이지 않고 거리는 평화롭고 사계절은 모두 아름답다는 사실을 절대적으로 옹호하면서 더위와 추위에 사람이 죽는다는 사실을 금세 잊어버리고 이 세계의 모순을 직시하지 않겠으며 부조리극이라는 단어를 잊어버리고 무언가를 기다리지 않겠다고 약속하며 한 치 앞을 내다보지 못하면서 살고 스스로의 모순을 직시하지 않고 가끔 돈을 흘리고도 지갑에는 돈이 남고 싼 음식을 먹고도 건강하면서 적당히 기부하면서 내 상황에 기뻐하고 배고픈 동물들에게 가끔 먹이를 주고서 자기만족을 얻고 배부르면 음식을 남길 테고 선량한 척하면서 아주 작은 악을 행하는 사람들을 공격하지 않고 그들에게 저주를 내리지도 않고 이대로 이 세상이 점점 나아질 거라는 막연한 희망을 품고 정치는 정치인들이나 하는 거로 생각하고 내 주위의 가까운 사람이 아파하지 않고 내 주위의 가까운 사람들이 슬퍼하지 않도록 그들의 지인들도 아무 일 없도록 기원하면서 그 지인들의 지인들과 후손들까지 별일이 없어서 내게 슬픔이 오지 않게 하여 그냥 나만 잘살게 해 주세요

*작은 일에 슬퍼하지 않고 감추어진 악을 주의 깊게 막아 내고: 다니카와 슌타로, 「산다」.

한국문학 망해라

좋은 시란 무엇입니까
저는 잘 모르겠습니다

사실 제 마음속에서는 알고 있다고 믿고 있지만 그렇게
말하지 않겠습니다 시에서 똥 맛이 나서 똥 맛이 난다고
한 것이온데…… 그냥 똥 맛이 나서 똥이라 생각한 것이온
데…… 나는 우문(愚問)에 독 뿌리기를 사랑합니다

아무런 대답도 하지 않는 허공을 사랑하여서

물끄러미 바라봅니다 거기에 언어가 있다고 합니다
아름다운 것들은 너희들이 다 가져
나는 언어의 폐지나 줍지 뭐 모든 말은 발화할 수 있지만
어떤 말은 한 번만 발화할 수 있다 지금은 인플루엔자와
인플루언서의 시대다 이것도 시대가 되겠지 앗! 원고료가

75

— 신발보다 싸다 저는 병드는 것보다 잔 드는 게 낫다고 생
각합니다

　넌 왜 그렇게 화가 났니 사람들이 화를 내지 않아서요
　내게 관 같은 평화
　아무 말이나 일단 비틀어
　부동산 오리길에 지들만 푸르러 푸르러 좋겠다 우리는
좆됐는데 엄마 쟤 돈 먹어 이념도 양념이지 우리 엄마 창
자 삼만 리 아들이 시를 써서 그래요 여러분 왜 주식을 하
세요 가난해지고 싶으면 문학을 하세요 읽다 보면 잃어요
한 개를 알면 열 개를 잃습니다

　가난한 사람들이 어떻게 웃는지 알아요
　하(下)
　하(下)
　하(何) 어떤 투쟁은 뚜쟁이 된다니까요 지켜보도록 해요
　나의 무력시위(無力示威)를

　보이스 비 딜리셔스 혹은 소년이여 야만을 가져라 제가
— 알던 시는 이렇지 않았어요 그런 시를 읽고 자란 게 나다

76

품위를 잃지 말자 품위라는 것이 남아 있다면 말이지 기품 ——
은 포기해도 기쁨은 포기할 수 없다

——

득음에 이르는 계절

一   복개천을 걷다가 복개천은 왜 개복천이 아닌가를 고민하다 내장의 거리를 헤매다 내장탕을 먹게 되다 나의 묵음을 적에게 알리지 말라 내 안의 먹이라는 것이 폭발하다 도시가 짐승이라면 골목 속에 든 인간은 무엇인지 고민하다 홀씨 같은 말을 바닥에 흘리다 피휘(避諱)는 휘파람을 담다

나의 지금을 적에게 알리지 말라 모기지(Mortgage)가 길어 슬픈 짐승이여 나의 자금을 적에게 알리지 말라 모기가 싫어 슬픈 짐승이여 원하는 곳을 물어 주는 모기는 없다 사라지다와 살아지다가 붙어서 떨어지지 않는다

원리가 사라지는 방향을 보다 모기는 여전히 건강하다 방충에 맞선 입추(立錐)는 부러지다 시대는 아픈 사람의 배를 가르다 좆망이여 입을 벌려라 그곳에서 사람을 꺼내야겠다

책과 책 사이의 산책에서 모기가 날아오르다 입을 닫다 모기약은 하찮은 자본의 모기를 영원히 낫게 하다 더 큰 모기가 창궁을 가르다 닫아도 노래는 하다 수술과 포자를 손에 쥐고 다시 걷다 천변의 오리를 감아 당기다 실망에 걸린 물비린내를 맡다 어인(魚人) 일로 눈에서 비늘이 떨어지다 문득 나는 추모(醜毛)를 가진 사이다 걸음은 시간을 전기의 맛으로 이끌다 부모(富毛)를 잃어 가다 광인(狂人)이 빛날

二

때 세상이, 시간이 시간(屍姦)을 하는 것을 알았다   ―

남의 금산

一 　남의 금산 푸른 하한가에 나 혼자 있네 나는 남의 금자탑 아래에서 말장난을 하고 놀았네 나의 주식은 말장난뿐이네 어떻게 돈 속으로 사람이 들어갈 수 있는가 지폐지기(紙幣知己)는 백전불태 더미의 이름으로 너를 용서하지 않겠어 나의 지구를 지져 줘 화엄방사기(華嚴放射器) 마지막 집세가 떨어지면 나는 죽을래 죽기 전에 누구를 안고 같이 뛸까를 고민하는 젊은 베르세르크의 슬픔 너는 이미 주거 있다 밖에선 아름다운 집이 집들이 모두 올랐네 새로운 건 해롭고 해로운 건 대부분 새롭네 그러나 왜 모두 새로운 것에 열광할까 추상(醜想)은 거대하다 그런데 그것이 시체로 일어났습니다 문단의 실체는

　단락이지 사람을 연필로 쓰세요 쓰다가 틀리면 지우개로 깨끗이 지워도 되니까 검은 것은 종이요 흰 것은 양반이다 이것도 시대가 되겠지 이렇게 된 이상 메타버스로 간다 참 밖을 보라 참밖을 위증교사 태평성대 애초에 빚이 있었다 신도 없이 나는 혼자 도는 바람 개 비 내가 바라는 세계는 만신창(萬神唱)이다 신들도 너무 흔해지면 다 버려지겠지 가치 많은 나무에 바람 잘 날 없다 내 눈에 잠복한 푸른 점이 모두 옮았으면 좋겠네 무신기행(無神奇行) 이곳의 특산품은 개안(開眼)이다

이자가 많아서 걸린다

一

슬픔이 집에 돌아온다
허기진 슬픔을 위해
슬픔의 물을 받아 끓이고
슬픔의 밥솥에 밥을 안친다
슬픔은 껍질을 벗기면 가라앉는 마늘처럼
알싸하고 달았으니
밥을 먹고 슬픔은 설거지를 한다
우리의 밥은 당신의 집보다 아름답다
슬픔도 집은 필요하니까요
새는 공중에도 잠시 집을 짓는다
멀리 날고 있는 것이 새인지 벌레인지
중요하지 않다고 거짓말하는
응원이 필요한 치어(稚魚)리더 여기 있습니다
회사가 없는 사회인은 이자가 많아서 걸린다
방 안에 눈물이 고인다
다 물고기의 생이 아니겠느냐고
슬픔은 점성의 곤(鯤)한 잠을 자고
이자액(胰子液)이 우리를 소화한다

내일은 이리와 곤이를 넣고

국을 끓여야지
죄후의 만찬을 즐겨야지

Null

뛰어넘고 싶다 —
없는 공간에서 없는 널 떠올리면

(문학이)
없음
이 있다 아직 없는 책을
지금 쓰고 있다

널, 나를 삼켜도 좋다
이를 위해 살을 찌웠으니
대신 한 사람 덜 먹으렴
널, 다른
이가 없으면 이 몸으로 세상을 덮겠다

널
없는 공간을
어떻게 소유할 수 있었을까
서류처럼
널
부른다 —

—

상상이 부서진 이름이여
하염없이 없는 것이
화염없이 불타 없어질 (문학은)
널
가진 후
내 이름은 도난, 탕진이죠
수준 이하 하루치의 우울
없는 대지와
없는 공간에
도착이 도착하지 않는다

머릿속이 비어 있는데
세라도 놓을까
널
음식도 마음도
식기만을 기다린다
Null을 담기 위해
헐벗은 나무를 씻기는
—
비를

따듯하다 해야 하나
차갑다 해야 하나
질문은
널, 써서 채운다
(문학을)

시그
널은 없다
(문학에서)
나를 짚어 줄 손이 없는 밤에
빈 몸이 떨리고 있다
없는 책(責)이 손에 잡힌다

없는 말을 손끝으로 한다
귀가 멀어지고 있다

살아 있는 시들의 밤

문서번호

시행일자 2022.09.31.

수   신 숙취인불명

참   조

선결			지시		
접수	일자 시간		결재 · 공람		
	번호				
처리과					
담당자					

제   목 2022『살아있는시들의밤』 행사 관련 문의

---

1. 귀하의 내부에서 사라져 가는 이타성과 문학적 감식안의 무궁한 발전을 기원합니다.

2. 무력단체(無力單體) 〈슬플때도밥은눌러담는사람들연대〉는 원거리유령효과를 기반으로 한 개인공동체입니다.

3. 본 단체(單體)는 좋은 문학이란 과연 무엇인가를 고뇌하는 자들이 저마다 연결되어 있다는 환상을 가지고 있으므로 이는 본질적으로 문학의 야단법석이 공공의 당면한 과제

4. 잘 팔리는 책은 과연 모두 좋은 책인가를, 혹은 잘 팔리면 안 좋은 책이 좋은 책이 되는가를 '가까이서 보면 일기이지만, 멀리서 보면 문학이다'라는 명제와 병치하여 대규모 1인 시위를 벌여 보고자 합니다. 나약한 정신이 건강한 정신의 먹이가 될 기회가 오고 있습니다. 개미의 이름으로 너를 용서하지 않겠어.

5. 이에 순전히 개인적 취향으로 완성된 2022 『살아있는 시들의밤』 행사를 2022년 9월경 한낮의 합정역 6.5번 출구 앞 알라딘중고서점 합정점을 마주 보는 자리에서 개최하고자 합니다.

6. 행사의 목적은 보물찾기로 위장한 고물찾기이며 내 안의 문학이라는 것이 폭발한다고 마음속으로 외치는 작은 마음을 가진 자들을 멋대로 대표하여 단체(團體)로 1인 시위를 벌이며 숭고한 개소리의 향연을 펼칠 것입니다.

7. 행사 개최에 앞서 1인 시위 중 참가자의 시집을 현물로

판매하는 것이 1인 시위의 본질을 위배하는지 의문이며 아무도 주목하지 않을 하나의 등신짓임을 알고 있지만 아무도 주목하지 않는 개인의 사건일 것임에도 〈파이*널 판다지〉 행사를 개최할 결심을 적어 내려가는 중입니다. 이 시집을 펼치면 좀의 비가 내릴 예정입니다. 삶은 영원히 폐지되지 않을 폐지 줍기 행사입니다. 서로를 씹고 뜯고 맛보고 즐깁시다.

8. 책이 비싸다고 느끼는 사람들이 있고 그들을 위해 '앗! 시집 신발보다 싸다!'는 슬로건과 함께하여 누구나 고급 라면 깔개를 집에 비치하는 기회를 줄 수 있을 것입니다. 이는 시집이 방의 어느 구석엔가 붙박여 녹아 사라지고 공기 중에 알을 슬어 놓는 결과를 낳을 것입니다. 선처를 바랍니다. 경과를 지켜보며 '어떤 시는 상품이 되어서 읽어 봤자 하품이 나온다'라고 말할 수 있는 사람이 될 것이며 문학의 무용을 재확인할 예정입니다.

9. 행사에 참가한 자들 중 친한 사람들을 규합한 후 추렴하여 대패(大敗) 삼겹살을 곱씹을 것입니다. 실패야말로 문

---

*김건영의 시집 제목.

학의 성공이라 합리화하면서 성대하며 쓸데없는 문학의
죽음에 대해 논할 예정입니다. 어차피 행사는 망할 것이며
'다운입니다. 다 운입니다.'를 되뇌겠지요. 집으로 돌아가
면 밤이,

10. 밤이 올 것입니다(김건영의 동거묘 이름: 밤이(1.4세)). 동지들
이여 이 안전하고 완전한 선험적 종말을 마음껏 즐기십시
오. 우리는 계속 시쳇말로 글을 쓸 것입니다. 행사용 좌판
및 리어카를 싸게 빌릴 수 있는 방법을 아시는 분은 연락
바랍니다. 끝.

 ※당사자와 협의하여 직인은 생략합니다.

안쪽이 훨씬 더 커요 지원금에 매달릴 수밖에
없는 가난한 예술가는 야수의 심정으로 술을 마
시고 이것도 시대가 되겠지를 되뇐다 숙취인 불
명 언제까지 이끼춤을 추게 할 거야 아침에는
네 발 점심에는 두 발 저녁에는 다시 네 발인
것은 시인이지 삑 환생입니다 여러분 메타버스
는 다 거짓말인 거 아시죠 술 취한 시인이지만
취해야 세상이 똑바로 보이는 것이 세상의 잘못
인가 시인의 잘못인가 어 중간 어중간 마이 리
틀 테러리즘에 내가 나왔으면 정말 좆됐네 신자
유주의의 유령이 자유롭게 떠돌고 있다 나의 작
은 기계로는 알 수가 없네 아름다운 타인머신들
아 당신의 눈동자에 건달 너의 주식은 곧 우리
입니다 우리 자본 이겨라 술은 마셨지만 심취
하지는 않았습니다 어디로 가야 하죠 악어 씨
Shit 귀여운 나의 악의 새 고독에 좋아요와 알
림 설정 부탁드립니다 이 인용을 혼자서 할 수
밖에 없지만 판사님 비트코인 주세요 모가지를
비틀어 주세요 배알의 민족 주문 이 원고의 지
청구를 인용한다 애들아 아파 왔다 국민 여러분
안심하십시오 소울은 안전합니다 한 박자 쉬고

문학을 대국적으로 하십시오

디지털 미지의 시티

방역을 생활화합시다
반역을 생활화합시다

마스크를 반드시 착용해 주십시오
가면을 반드시 착용해 주십시오

이번 역은 열차와 승강장이 넓습니다
이 번역은 열차와 승강장이 널 씁니다

한 번도 들린 적 없는 목소리가 있다
한 번도 본 적 없는 목소리는 들린다
땅속의 귀신이다

무서운 사람에게는
능동과 피동이 함께 존재한다

초열지옥과 한랭지옥이 마주 보고 서 있다

여기는 어디입니까
디지털 무지의 시티

환생입니다
전지전능한 건전지들아
충전이 필요합니다

지하철이 지상으로 오를 때
잠시 전철이 된다

전철(前轍)을 밟으며
우리는 서로 미지의 귀신이 된다
자본으로 환생합시다
이 전철은 사람을 탑니다
이 전철은 사람을 태웁니다

기밀성 만세

—
　살면서 정의(定義)를 피할 길이 없다
　정의는 내려진다
　검색대를 통과하는 심정으로
　무엇을 숨기고 있습니까
　Fear 오르는 기쁨이 있다

　정의란 무엇입니까
　모르면 공부하세요
　알지도 못하면서
　그러니 나는
　미제(未濟)의 앞잡이
　최고의 시인(是認)을 합니다
　기밀성 만세

　어느 날은 대로변에서 항문에 힘이 풀려 모든 것을 쏟아
내는 꿈을 꾸었다 길을 걷던 중이었다 다 들키고 말 거야
속에 들어 있는 건 다 똥이야 그러니 개봉 금지 기밀성 만
세 가치 없는 것은 믿을 수 있다 몰래 정의를 내리고 중얼
거린다 기밀성 만세

—

돈만 내면 정의도 내릴 수 있는데 무엇이 걱정입니까 E-Shop 우화를 써 내려가며 쇼핑을 합니다 내 주문을 적에게 알리지 말라 기밀성 만세

부리를 보면 참지 못하고 지저귀는 새들이 있다 꿈속에서는 그게 다 진짜라구요 어쩐지 꿈속에서는 잠이 오지 않고 불면의 문장들만 가득하다 이것이 나의 회전몽마 꿈속에서는 너무 몽롱하여 현실이 보이기도 한다 어느 날은 꿈속에서 시집을 읽다가 웃음을 터뜨린다 하하하하하 그래서 어쩌라고 대체 이런 걸 왜 쓰는 거야 그런 게 좋은 시라고 했나요 여기에는 비밀이 없다 그러니 기밀성 만세 그런 건 꿈에 들어오기 전에 미리 했어야지요 빌려 쓴 연장은 반납하셨나요 우산 말인가요 꿈이니까 아무 말이나 할 수 있잖아요 여기선 우산을 써도 잡혀가지 않는군요 기밀성 만세 용기가 가상(假像)하군요 아침이 다가오자 나는 애인과 맥주를 나누어 마셨다 여기서 잠들지 못하면 꿈에서 깨지 못한다 술이 늡는다 사람보다 먼저 술이 일어난다 기밀성 만세, 꿈 밖에는 정의롭고 선한 자들이 너무 많다 가끔 꿈속으로 쳐들어온다 기밀성 만세 여기서 나가 주세요 내 꿈인데도 그들은 용맹하고 기밀성 만세 내가 누군지도 모르면서

꿈속으로 들어오고 신발을 신고 들어온다 들어온지도 모르면서 내 꿈속에서 자신이 누군지도 모르면서 그나마 기밀성 만세 죽여도 죽지 않을 테니

재와 별

　창가에 서서 입을 벌린다 잎이 진 겨울나무를 보면 헐거
워진 가지 틈으로 바람이 지나는 것을 안다 창가에 입을
벌린 사람이 늘어나고 입김은 창을 흐리게 만든다 바람 빠
진 소리를 내뱉으면 우리가 묻어 둔 재가 떠오른다 모든
이를 만족시키는 일은 없지 그럴 때 꺼내자던 재가 멀리에
있다

　차라리 게임을 할래
　당신이 나를 실컷 두들긴 후에 내 차례가 오면
　이제 싸우지 말자고 말리는 사람들이 나타나는 그런 일
말인가요

　꿈속으로 천렵이나 갈래
　겨울 바다에는 조개구이가 어울리지 않니
　창가에는 입을 벌린 사람이 늘어난다
　재를 펴 바르지 않으면 알아볼 수 없는 얼굴이 떠오른다

　어둠은 방을 두껍게 만들고
　밝을 때가 따뜻해 어두울 때가 따뜻해
　옆을 파고들던 몸이 말을 한다　　　　　　　　—

一   얼굴은 어디에 두고
     너무 밝거나 너무 어둡거나
     얼굴이 안 보이는 건 마찬가지

     빛나는 건 다 별이라고 치자
     재로 표정을 씻었으면 좋았을걸
     좀 차분해져
     핏물을 빼는 게 중요해
     얼굴의 절반만을 씻어야 한다면
     눈가를 씻겠니 입가를 씻겠니

     나는 가짜예요, 라고 거리에서 말하고 싶다고 책은 한 권
만 있으면 돼 나머지는 모두 버리자 쓸모가 없어 읽은 책
이 쓸모가 없니 읽지 않은 책이 쓸모가 없니 필요한 것들
이 늘어나는데 필요 없는 것들이 더 늘어나고 있어요 사는
걸 멈추면 안 돼

     너의 귓가에서 흘러내리는 가루들이 사방에 가득 찬다
이것도 시대가 되겠지 나의 아름다운 귓밥천국 듣고 있니
─   듣고 있냐구 차라리 빠른 전멸 어때요 큐빅이 박힌 단추는

은박지로 감싸야 해 내가 알지 못하는 말을 하는 이유는 내가 알지 못하기 때문이지 모든 것이 단추라면 좋겠다 누르면 들어가고 빛나는 몸체 소름이 돋는다 그만 옷을 벗어 주세요

  듣고
  말하고
  둘은 함께가 아니라서
  둘은 동시에 말하고
  둘은 동시에 침묵을 듣고
  둘은 창가로 끌려간다
  입을 벌린 채 침묵한다
  하나보다 작아진다

  나무는 재가 될 수 있고 다시 말하지만 빛나는 것들은 모두 별이라고 동시에 말해야 해 중간에 생략한 화형은 떠올리지 말자

화

一
　　너는 알아들을 수 없는 말을 해
　　하지만 화가 났다는 것은 알겠어

　　Far; 감정은 모두 거리의 문제야
　　화는 재난이다
　　화내지 말아; 불가능한 청유의 감정 전달 체계
　　나는 물을 수밖에 없다
　　우는 게 나아 화내는 게 나아;
　　둘 다 낫지 않아
　　아픈 것은 누구인가 화를 입은 것은 대체 누구인가

　　이런 추상적인 얘기는 시적이지 않아
　　풍경에 대해 진술하자
　　관념에는 정념이라는 양념을 치고

　애인이랑 밤에 휘파람을 불고 놀아도 뱀은 나오지 않았
다 아무도 화내지 않고 뱀은 책 속에 많잖아, 주억거린다
이런 밤을 묘사하자 화내지 말고 화내지 말자는 말이 화를
불러일으키기도 한다 제발 가습기처럼 입을 벌리고 화내
一　　지 말아

번제와 같이
번개와 같이
화내지 말아
너는 뇌운(雷雲) 명(鳴)

아무도 화내지 않는 아침이 오면
나를 거기서 오려 내 주세요
알아들을 수 있는 화를 내 줘
이제 마무리해야지
마물(魔物)이 해야지

전진무의탁

—

오래전 나는 귀신이 들린다, 라는 문장을 쓴 적이 있다 귀신을 본다는 사람들은 다 혼자서만 본다 귀신은 들린다 허공에 어깨를 걸치고 밤을 헤치고 나아가는 사람들이 있다 취하면 외롭지 않은 거겠지 취해서도 외로운 날에는 일단 총을 사라 그러면 모두 손을 들어 줄 것이다 혼잣말을 너무 많이 하면 귀신이 들린다 마음속에서 빈총(貧塚)을 겨누고 언젠가 적어 둔 청혼(聽魂)을 되뇐다

우리 회양목 그늘 아래 집을 짓고 살아요 농담은 그러니까 매번 이렇게 시작해야 해요 당신 고양이와 내 고양이가 우리 고양이를 괴롭히고 있어요 커다란 냉장고를 사서 그 속으로 매일 사냥을 떠나요 가난을 미워하되 두려워하지는 말고 작은 고통에 예민하되 세계의 작은 고통에는 발작을 하여요 내 만년필을 모조리 가져가서 앵무새로 키울지라도 화내지 않을게요 어린나무가 자라 고목이 되고 그 나무가 가득 차서 숲이 되는 장면을 찍은 영화를 같이 보고 그 영화를 매일 거꾸로 돌려 보는 삶을 살아요 어떤 상점에서도 신속한 주문으로 귀신을 부르지 않도록 하고 진담만으로는 대화하지 않도록 농담만을, 농담만으로 당신은 내가 사러 갈 사람, 영원히 사러 갈 사람 우리 집에는 내빈(內賓)이

자리해 계십니다 편하게 먹고살 비용 결론은 내셨는지 그렇
지 않다면 이런 말씀을 마시든지 공기라도 힘껏 마시든지

　인체 해부도를 들여다본다 몸속에 붉은 나무 한 그루
서 있다 가지는 줄기의 힘으로 늘어선 것인가 뿌리의 일
인가 아니면 허공이 받쳐 주는 것인가 인생이 축복이라는
사람들도 세상에 있고 나는 노래를 흥얼거린다 'A maze
grace' 인생은 미로야

세 줄 요약 도서관

—

　나는 그것을 들고 외출한다 그것은 한 손으로 들 수 있고
가볍다 그것에 들어서면

　주차장에서 죽은 가수가 노래를 부르면서 하염없이 젊어
진다 족보를 들고 외출한 사람들이 입구로 들어오고 있다
아래층에서 의자를 끌면 위층에서 천둥이 친다
　로비에서 자신의 생전 업적을 부정하는 학자들이 똥 마
려운 표정으로 이야기를 나누고 있다 화장실 앞에는 '이
도서관의 모든 화장실은 영원히 공사 중입니다'라고 적혀
있는 팻말이 있다 그 아래 아주 작게 '사실은 이곳이 바로
거대한 화장실이기 때문에 화장실이 필요하지 않습니다'라
고 적혀 있다

　열람실에는 빈 서가가 빼곡하게 들어차 있다 아는 것이
많으면 정숙하라 네 영혼의 눌어붙은 페이지를 자를 때는
무뎌져서 녹슨 칼만이 사용되기를 이곳에서는 책을 자르
는 것이 장려된다 침묵의 열람 속에서 말은 매번 새끼를
열 마리씩 친다

—

　억양을 요약해 버린 문장을 낭독하며 외국인들이 복도를

거닐고 있다 이곳의 낙서는 이용객들의 이름, 생년, 몰년이
다 당당히 낙서를 마친 이용객들은 치통을 앓으며 돌아간다

　관장실에는 부재한 관장 대신 이렇게 적혀 있다

　돌은 오래전에 태어났다
　돌 속에는 시간이 들어 있다
　돌은 시간과 함께 작아진다

　그 아래 더 작은 글씨로 이렇게 적혀 있다
　'돌이나 똥이나 뜻은 같다'

　그러므로 도서관은 가벼워질 수 있다 사실 이 도서관은
치통의 통치를 받는 선량한 자들의 입속에 있다

　입속의 나선계단을 돌고 돌아 오르는 첨탑은 선량한 자
들만이 오를 수 있다 더 선량하기 위해 악인을 찾는 사람
들이 가득하다 전투에서 승리한 무지무지 선량한 자들이
꼭대기에 올라 볼 수 있는 것은 거대한 석판이다 그 석판
에는 이렇게 쓰여 있다

세 줄 요약 좀

개미는 내일 와요

一

한 알의 오렌지를 애인과 나눠 먹고
가난한데 행복해지는 저녁에
이름이 지어지지 않은 불행이 더 많아서
어디선가 계산서가 날아올 것 같다
주문처럼 흥얼거린다
개미는 내일 와요

어제는
노래를 부르던 형이 죽었다
형은 사라진 것이 아니고
조금 작아진 것뿐이라고 믿는다

작은 것들이 보고 싶을 때는 어떡하죠
고개를 숙여야지
개미는 내일 와요 알지 못할 때 오고
사라진다
와도 알아보지 못할 거면서
기다린다
알아듣는 사람이 없어서 자백한다
개미는 내일 와요

一

개미는 성실하지 않다
성실한 개미가 있는 거지
실성한 사람들이 좀 있는 거지
사람은 선하지 않지
정말 선한 사람이 개미처럼 조그맣게 있다

개미의 슬픔은 개미보다 작겠지
인간의 슬픔은 인간보다 작다고 믿어야지
개미는 내일부터 오고, 매일 온다고
예언처럼 말하면서

지금이라는 금지

삶은 어떻게
사라지는가

지폐를 넣으면 동전만 떠오르는 불량한 사냥 기계 주화
입마(鑄貨入魔) 주시자의 눈은 붉다 진보한 진부와 진부한 진
보가 있다 나는 가장 미들만 한 사람이 되고 싶다 정의는
선취하는 거야 나는 선(先)하고 싶다 진실로 거짓된 사람이
되어 사라지고 싶다 가족보다 두꺼운 얼굴의 유대를 느낀
다 우리는 선량한 표정으로 전철(戰轍)을 탄다 우리는 내부
자들을 사랑한다 내 부자들 그래 언젠가 부자가 되고 싶
잖아 진실을 기워 거짓말을 만드는 기자들처럼 정의를 정
의한다 물고 물리는 물리학을 신봉하는 사람들이 있다 우
리는 지금을 지키고 싶다 아무 일도 없이 누군가 죽은지도
모르고 우리가 언제 죽었는지도 모르게 정의가 얼마나 연
약한지도 모르고 좌우에서 무수한 악수(惡手)의 요청이 축복
처럼 온다

여섯 개의 현으로 이루어진

—

　발밑에서 구름이 부서진다 꿈은 단지 이불 위에서 떠오르고 있다 구름을 열면 솜이 튀어나온다 나를 부축해 주는 악몽들을 목발처럼 붙들고 네 발로 전진한다 오늘은 손이 없는 날 두 귀는 귓속말을 채우기 위해 비어 있다 창문이 풍경을 물어뜯듯이 가만히

　빛은 어둠을 갉아먹으며 통통해진다 허공을 만드는 재주 잠식(蠶食), 바람을 쥐고 흔드는 자동기술법 잠든 채로의 외출은 즐겁다 골목은 어둠이 흘러내린 자국으로 시작되고 있다 잃어버린 크레파스를 모두 칠한 얼굴로 기어간다 두 발이 더 생길 것만 같은, 잠잠한 혀 밑의 골목들

　밤의 몇몇은 찻잔보다 빠르게 식어 간다 검은 비닐봉지에서 꺼낸 고양이들이 골목에서 이지러진다 어둡고 또 어둡다 설탕통에 떨어진 소금 한 알의 진동처럼 보이지 않는 표정이 어두운 골목에 섞인다 꿈에는 색깔이 없다는 것은 사실이 아니다 어둡고 더 어둡다 다채롭다 오늘은 두 손이 없어 가벼운 날 밑그림만 가득한 악몽을 그렸다

—

110

키메라 루시다

 작은 방에 들었다

 이 방에서는 아무도 미워하지 않기로 한다

 이 방은 너무 밝아서 아무것도 보이지 않는다 벽보다 큰 창이 사방에 나 있다 밝기만 한 것은 어두운 거라고 말했던 사람이 있다 나는 먼저 꿈속에 들어와 있었다 이 방에 먼저 와 있었네 양말을 신어야지 꿈속은 추우니까, 라고 나는 나에게 말해 주었다 꿈속에 현실을 달고 들어오는 것이 싫다고 말해 주었다 나는 침대가 아닌데 나는 왜 내 위에 눕는가 나는 나에게 아이를 소개해 주었다 우리는 네 아이의 친구들을 앗아 갈 거야 우리는 네 아이의 후배들을 지워 갈 거야 이 방의 입구는 바늘보다 작고 출구는 노을보다 크다 나는 카메라를 꺼내고 청했다 여기로 들어가 줘 눈만 깜빡이지 말고 나는 영원히 멈춰 서서 움직이기로 했다 이방(異邦)에서 나는 계속 혼자서 같이 있었다 이 방은 나보다 작고 우리보다 크다

동충하초

—

　사랑을 잃은 벌레는
　겨울의 바닥을 기어다닌다
　봄은 사라지고

　아침에는 네 발 점심에는 두 발
　다시 저녁에는 네 발인 것을
　도대체 몇 번을 말해 줘야 알겠는가
　슬픔에 빠진 주정쟁이
　변기를 끌어안는 괴물

　여름에는 구운 몸
　가슴을 뚫고 날카로운 풀이 자란다

　풀도 벌레도 아니고
　살아 있지만 죽었고
　죽었는데 아프다
　내게 남은 사람을 다 줄게
　이것은 건강에 좋은 약
　건강에 아주 좋은 약

—

내 외투를 악마에게 입혀 줄 때

햇빛은 쌓이지 않는다
골목 어귀에 재와 뒤섞인 눈이 녹지 않고 쌓여 있다
술집에 사람들이 들어가고
아무도 나오지 않는다

고양이를 태워 죽이는 사람이 있대 태워 죽여야 할 사람
이네 술집 안에 들어가면 그 속에서 자꾸 사람이 사라진다
넌 사람이냐 아니냐 옆에 폐차장이 있더라 내가 누군지 알
아 맥거핀도 모르면서

폐차장 어귀에는 풀이 자라고 있다 폐차장이 폐차장다우
려면 녹슨 간판을 교체해야 하는가 기호가 잘 맞아도 문제
가 아닐까 그 사람은 사실 좋은 사람이야 그래 사실 좋지
않은 사람은 없지 전두환처럼 죽고 나면 아주 조금은 좋아
지지 않느냐고 기호를 공격해 봐야 무슨 소용이니 학살자
가 드디어 자신을 학살했도다

춥지 않니 다정하게 묻는 것보다 열과 함께 성내면서 사
람을 이야기하자 그러니까 문학이란 무엇인가 몸속이 검
어서 발화는 어두운 것이 된다 검은 종이에 흰 것들을 써
내면 되지 않느냐 그게 밤이고 이곳이 검은 종이 위라는

뜻이지 문학은 아름답냐고 묻는 일이지 증명은 당신이 해
야 하는 거 아닌가

　아프지 말아
　말고
　나쁘지 말아

　잘 준비해 봐 밤이 오면 인간은 전지(電池)가 될 거야 폐차
장이 곳곳에 있다니까 기호(記號)에 맞추어 설탕이라도 한
스푼 넣어 보시든지 말든지 나는 해롭고 늦고 쓸쓸하게 태
어난다

혼자

너는 술에 취하면 군자역에 닿곤 했다 일부는 허겁지겁 택시를 탔고 심야 버스에 올라타기 위해 달려 나갔다 검(劍)은 글자요 흰 것은 종이이니 밤이 짙은 것은 활자를 맺기 위함이라 생각했다 아침의 빛 속에서 너의 몸을 글자처럼 뉘곤 했다 무서워질 때마다 책을 읽었고 모르는 것을 아는 척하느라 많은 말을 했다 너는 얼굴에 그늘이 진 사람들을 좋아했지 햇빛 속에서 표정을 오래 보면 진심을 볼 것만 같다고 한숨을 쉬었다 휴(休), 사람은 그늘로 들어가서 쉬는 거야 사랑이 뭔지 모르겠으니까 자꾸 사랑을 하려는 거잖아 지하철이 끊긴 것처럼 말이 끊겼다

그러니까 너는 울먹거렸던 것 같다 그날 군자역에서 본 것을 말하면서 군자역에는 군자가 한 명도 없었다고 말했다*

---

*군자행 마지막 전철이 도착하고 난 후, 군자역 5번 출구 앞에는 술 취한 사람들이 가득했다. 택시를 타거나 심야 버스를 타려고 서두르던 사람들이 여기저기 뛰어다니고 있었다. 곱사등이 청년과 뇌성마비 여자 친구가 서로를 붙잡고 걸어가고 있었다. 오늘 자고 가자. 우리 돈 별로 없잖아. 괜찮아, 나 이번에 월급 탔어. 출구 앞에 오토바이를 세워 둔 청년 서넛이 낄낄대며 바닥에 끊임없이 침을 뱉고 있었다. 흥건해진 보도에 해변의 포말이 밀려온 듯했다. 나는 어째서 이러한 광경이 부끄러웠는가. 그들이 하객을 뚫고 걸어 들어간 모텔 이름은 몰디브였다. 검은 하늘을 올려다보았다. 그때 나는 신이 너무 작위적이라고 생각했다.

아무것도 변하지 않을 겁니다 세상은 너무도 안전하다 집에 혼자 있으면 제일 잘 만들 수 있는 것은 지옥이다 살다 보면 생기는 것은 쓰레기뿐 마음속에 꼬인 심지가 있다 그런 힘으로 전진할 수도 있다 하늘을 가득 메운 밤 까마귀가 더 이상 무섭지 않은 날

실패, 양초 조각, 나무젓가락, 고무줄

지우개와 연필을 씩씩하게 넘어가던 나의 실패전차 전진한다 나를 두고

너 외계로 또다시 사라진 사람에게는 쉽게 말할 수 있다 봄이 오면 같이 훈자에 가요 살구꽃이 아름답대요 흰 꽃잎들 지천에 널려서 세상이 고장 난 것 같다고 해요 흰빛에 눈이 멀어 이 세상이 아닌 것 같다고 해요 모두 훈자에 가요 각자 훈자에 가요 모두 훈자로 돌아가요 다시는 못 만날 테니 훈자에서 만나요

너는 이야기를 좋아했지 그거 알아 천일야화는 천 일 밤이 아니라 천 하룻밤이야 길에서 연인들이 싸우고 있었어 남자가 외쳤다 단 하루가 문제야 자기 신념을 철저히 지킨다는 말은 타인의 신념을 무시한다는 말이기도 해 여자는

고개를 숙이고 아무 말도 하지 않았다 너는 그 후의 이야기가 궁금해졌다 그래 두냐자드 읽기만 하는 사람들은 어째서 여기로 올 수 없지 신 받드는 모험이 가득해 믿음도 없이 발버둥이라는 말이 좋아 새들도 허공으로 가기 위해 발을 놀린다 나는 버려짐으로 벼려졌으니 간절하고 나약하게 사람들을 비웃을 거다

삼김시대

一 　여름밤의 하늘은 구운 김이다
　밤에는 구멍 뚫린 곳이 모두 빛난다
　저것은 모두 별이 아니라 인공위성이라고
　박쥐가 되어 버린 천재(天災)를 아시나요

　동전은 모두 하늘로 떨어진다
　종이처럼 얇게 골목에 펴 발라진 이것은
　김이거나 검은돈

　세상에 김 씨가 너무 많다는 건 누구나 아는 사실
　얇게 펴진 마른 종이는 먹거나 먹히는 데에 쓴다

　빨려 들어가듯 편의점에 다다르면
　벌레들이 가득하다
　해태(海苔)와 눈먼 해태가 있다
　구운 김을 검은 간장에 찍어 드셔 보세요
　이것은 훌륭한 안주(安住)입니다
　원(怨) 플러스 원(怨)
　무병과 장수가 가득한 편의점으로 오세요
— 　밤 과음(過飮) 악(惡) 사이(邪異) 흥얼거리며

나의 편의를 위해 돈을 씁시다
동전 밑이 어둡다

지불 능력이 있다면
밥에 김을 싸서 드셔 보세요
빛나는 쌀알들을 감싼 어둠을

무사히 집으로 돌아가는 일을 정치(定置)라고 부르는 시대가
있다
이상한 나락의 엘리트
법인은 항상 현장에 돌아온다
골목에 밤이 밥과 함께 돌아오는 것처럼
이인삼각, 둘이서 삼각김밥 하나를 나누어 먹어야 하는
밤도 있다
청춘을 긁려 다오
나는 이제 청춘이 아니니 괜찮음
강 건너 법구경(法句經)
비약이든 삐약이든 뭐든 일단 해라
코딩으로 헤딩을 배우는 아이들도 있고
이진법을 배우던 아이들이 일진한테 맞는 걸 몰라도 좋지

아이들이 동요를 부르는 동안
어른들이 동요하는 동안

이제 먹이여 잘 있거라
수면은 전투다 각개전투
나의 엎드림은 Up Dream이라고 주억거리며
너희는 마음을 몸처럼 쓰는구나
누구나 주머니 속에는 괴물이 좀 있지 않니
때려서 디지면 몬스터다
반드시 살아남도록 합시다

가고일

벽에 매달린 괴물은 무슨 생각을 하는가
건물은 지켜져야 하는 것
인육을 먹으면 반드시 괴물이 되는가
인(人) 간극(間隙) 장(臟)
그 많던 사람은 누가 다 먹었을까
나는 외로워서 사람인 척 잘해요
유인을 하려면 사람인 척 잘해야 해요
가죽이 바로 가족입니다

하늘만 큼
땅만 큼
나는 작고
자본과 안 자 본 사람도 있나 뭐

진보한 진부 VS 진부한 진보
땅따먹기 VS 땀따먹기
내부 공사 중 VS 내 부(富) 공사(公事) 중
보물찾기 VS 고물 참기
사람들 사이에서 괴물로 살기 VS 괴물들 사이에서 사람
으로 살기

—　　　뭐든지 하나만 골라 보시렵니까

여전히 주화입마(酒化入魔)
지금은 개와 늑대의 시간

사람이 되려면 튼튼해져야 하고
그건 이 시대의 좋은 사람이라는 뜻
건물에 매달려 서늘한 표정으로
이가 없으면 이 몸으로 세상을 씹어야지

자세히 보면 괴물이다
너도 그렇다

절벽에 매달려
여전히 복권(復權)을 꿈꾸며
한 인간에게는 작은 노름이지만 인류에게는 큰 도박인
세상을 위하여
나는 미리 붓는 사나이

—

믿음-리듬

리듬은 법이 아니야. 리듬은 기쁨이야. 바라나시 골목에서
시타르를 알려 주던 선생님은 나에게 이렇게 말했다. 앞
으로의 인생에서도 목표를 향한 리듬을 가져. 그 리듬이
너를 지치지 않게 해 줄 거야.

 믿음이 있습니까 눈에 가득한 뱀과 음악 사이 글을 읽고
그것을 모두 알고 있다는 듯이 고개를 끄덕이는 일이 많은
밤이다 이 뱀 속에는 리듬이 들어 있다고
 믿는다
 믿지 않으면
 믿음이 생기지 않는다 믿을 수 없을 때
 믿어야 리듬이 생기는 것이 신이 세계를 잘못 만들었다
는 단서 믿어야 한다 그도 처음이겠지 처음부터 잘할 수는
없는 거야 신을 위무하려는 마음으로 이것은 조롱이 아닙
니다 신이 나를 조종하려 들지 않듯이
 믿어 달라는 듯이 잎을 내밀어 떨구는 리듬이 바깥에 있
다 모두 그래서 집으로 돌아가는 거라고 악기의 줄처럼 가
지런히 누워 눈을 감으면 현(玄)이 나를 퉁기는 꿈
 믿기지 않는 일들을 모두 미지라고 부를 때 알 수 없는
것이 두려운데 어둠 속을 응시하던 기분은 거기에도 리듬
이 있다고 믿기 때문이겠지만

리듬이 우리를 배반할 때면 우리는 어떻게 해야 하나 리
듬은 법이 아니라서 어겨도 될 텐데 웃자란 가지들과 일찍
시드는 꽃들 너무 일찍 맺어져 떨어진 낙과 같은 것들이
눈앞을 가릴 때

믿음을 가장한 거리의 구도자들이 도(道)와 천국행 티켓을
공짜로 흩뿌릴 때 혼자 중얼거리지 제기랄 것도 없는 길거
리의 제사들, 사제들아

리듬이 굳건한 나무들도 계절마다 무료로 잎을 내밀어
그늘을 드리우지 않았느냐고 밤은 나를 얼리고 아침은 나
를 삶는 환절기(幻節期)에 신은 도무지 적당히를 몰라 리듬이
엉망이야 왜 웃자란 아이들의 표정을 보면 마음이 시린 건
지 화약연화(火藥軟化) 누군가 불길을 뿜으면 건너편은 무너
지는 거야

믿음으로 간신히 우리가 인간을 견딜 수 있는 이유는 혼
입된 천사의 얼굴을 술집에서 잠시 볼 수 있어서라고

리듬이 그런 우리를 잠시 제정신으로 붙잡아 주는 거라고
나는 인간을 주기적으로 미워합니다

어느 날 그가 물었다
목련 잎의 모양을 기억하느냐고

한여름에 물었다

아주 잠시 필 뿐인 꽃에 취해 잎을 기억하지 못하느냐고

그런 게 리듬이냐고

Who lied, chicken?

누가 구라를 쳐, 겁쟁아
한국인은 모두 치킨을 좋아하지
치킨은 빨라
겁쟁이는 모두 빠르지
겁쟁이는 거짓말보다 빠르지
겁쟁이는 판단을 유보하지
우리 싸우지 말자, 라고 말하는 애는
선빵 치고 난 겁쟁이
반반이 좋아서 나라도 반반이야
나라도 그렇겠다 안전제일
반반은 안전하고
반반은 한쪽이 붉지
Who Ride Chicken!
겁쟁이를 타고 그는 나타난다
취향을 통일하라
통일이 새로운 독재리니
반반에다 투표하자 중립 만세
반반으로 반반한 사람들끼리 만나자
불신(不信)으로 대동단결!
내가 정의로우면 나머지는 모두 악당이 되는 거야

정의가 우리를 정의한다

정의당한 겁쟁이들 올라타라

살아남아야 도망칠 수 있다!

겁쟁이 타도

겁쟁이 타고

우리는 달린다
우리는 후달린다!

이봐 이제 진짜 겁쟁이는 누구지

∞ 이것을 읽은 모두 여기에 갇혔으면 좋겠다 남겨진 사람들만이 외로울 수 있도록 괴도(怪道)를 기다리며, 이전에 본 슬픔을 우리는 사는 동안 영원히 볼 것이다 술 퍼마시는 자에게 독이 있나니 저의(底意)가 영원히 슬플 것이요

청황부접

한쪽 날개가 아프면 사람이 못 된다는

말을 들었다

어깨를 오래 돌리다 보니

마음은 쥐새끼와 같아서

얇은 꼬리로 도망 다닐 재능은 있다

아름다운 날 다음

날이 슬픔이라면

누가 아름다움을

기꺼이

맞이하겠느냐고

묻고

묻다가

사랑을 하느라

진회색 그릇을 푸르다 말하는 당신이 있고

연두색 컵을 노랗다 말하는 내가

다투느라 문을 닫는 것을 잊는다

이 집의 쥐새끼들은 모두 거리로

나아가라

이 밖으로 나아가라

주머니가 머니가

비어 가는데

푸른 병에 담긴 노란 술

가난한 시절이 어째서 푸르고 노란 것인지

비어 있는 곳에 맥주를 채우며

다시

그런 것을 새삼

가벼운

적자생존(赤字生存)이라

가정(家庭)을 하는 것이다

Null라와 시름 한 우리가 자고 니러 우짖더라도

김동진(문학평론가)

텍스트와 실존

텍스트에 접근하는 방법은 여러 가지가 있다. 누군가는 문학사적 흐름 속에서 텍스트가 위치한 맥락을 살필 수도 있고, 사회적 담론을 통해 텍스트의 의미와 가치를 정의할 수도 있을 것이다. 그러나 어떤 텍스트는, 객관을 견지하려는 시각에서 벗어나 읽을 때 더 빛을 발하기도 한다. 객관성을 유지하려고 할 때 놓치게 되는 시인 개인의 실존적 문제들이 텍스트에 녹아 있기 때문이다.

시를 쓰지 않고는 못 배기게 만드는 무언가가 삶에 찾아올 때 사람은 시를 쓰게 된다. 시인 자신의 삶에서 길어 올려지는 언어와 이미지들은, 그들의 삶이 그러하듯 고유할 수밖에 없다. 시인은 자신만의 언어를 무기 삼아 자신의 삶을 독자들에게 던진다. 다른 말로 하면, 시인은 자기 자신을 언어를 통해 세상에 던지는 사람이다. 자신이 세계를 보는 눈을, "시선을 던지는 투수"다(「야구─蛇傳 9」, 「파이」).

이러한 사실을 아는 독자들은 시인의 고유한 언어를 경유해 그가 사는 세계에 닿는다. 시를 읽는 일은 곧 시인이 살아온 실존적 삶에 접속하는 일이다. 낯설고 생경한 언어를 기쁘게 맞이하며 그 안에 잠재된 작가의 개인적 필연성에 공감한다. 서로 다른 두 세계를 시가 연결한다. 존재자가 존재를 잠시 엿보는 것처럼, 독자는 시인의 존재를 잠시 엿본다. 그것이 바로 시를 읽는 한 가지 즐거움이자, 시라는 장르가 아직까지 살아 있는 이유이기도 할 것이다.

앞에서 텍스트와 실존의 관계에 대해 이야기하는 이유는, 김건영이라는 존재의 실존이 『넝』에 깊이 박혀 있기 때문이다. 『넝』의 언어는 그의 실존을 제외하고는 읽어 낼 수 없다. 현란한 언어유희 속에서 독자들이 맞닥뜨리는 것은 인간 김건영의 삶을 둘러싼 실존적 고민이다. 그리고 그 실존의 문제들은 자연스레 이 시대 청년들의 삶과 접속하며 시인과 독자가 만나는 공간을 창조해 낸다.

청년 집-시

나무는 자라서 집이 된다는데
새들이 찾아오지 말라고
목매단 새들을 걸어 놓은 걸 보았다는 이야기를 들었다
거기에 사람을 이끌어 경고하기도 한다고
어디에서 들었더라
목이 막혀서 기억이 덜컥거린다

집보다 사람이 더 싸다고 말한다
당연한 말은 왜 하는 거야
무너지는 게 있어서 그래요
무너지는 게

깊은 숲속에 소금을 핥으러 다닌다는 사슴이
우리나라에 있나
나비도 소금이 필요하다는 걸 백과에서 읽었다

암염(巖鹽)이라,
기억나지 않는 기억만큼 단단한 게 또 있을까
암염(暗炎)이라
그래 숲속은 어둡지
빛나는 눈이 보이면 짐승이 있다는 말이지
동물이 좋니 곤충이 좋니 어쨌든 우리가 사람은 아니잖아

눈을 감고 들어가 보면
전세(傳貰)가 보인다

저 집은 어떻게 지었을까
높고 깊은 곳에 지은 집을 보며 말하는 사람이 있다
돌을 이고 지고 거기까지 갔을까
집을 이고 가지는 못하니

집은 무겁고 비싸

무겁고 비싸다 그러니 사람은 절벽을 이고

동물적으로 가벼워져라

닭똥 같은 눈물을 흘리면

사슴들이 달려와 냄새를 맡고 고개를 젓는다

눈물 같은 닭똥이네

　　　　—「그리고 어떤 사슴들도 슬픔은 핥지 않았다」 전문

『널』에서 전반적으로 두드러지는 실존적 고민은 '집'에 대한 것이다. 이는 비단 김건영이라는 개인만의 문제는 아닐 것이다. 이 시대 수많은 청년들이 집 문제에 좌절하고 있다. 집은 생존에 필수적인 요소임에도 불구하고 소유할 수 있다는 희망이 보이지 않는다. 일자리와 인프라 문제 때문에 가난할수록 도시에 살 수밖에 없는데, 도시의 집값은 일반적인 노동 임금을 모아 살 수 있는 수준이 아니다. 모두가 "집도착증"에 시달린다(「나 홀로그램 집에」). 청년들의 내 집 마련 문제는 분명한 시대의 병폐다.

「그리고 어떤 사슴들도 슬픔은 핥지 않았다」는 그중에서도 특히 청년들의 심리가 어떠한지 잘 보여 주는 작품이다. "집보다 사람이 더 싸다"는 말은 "당연한 말"이다. 청년들에게 지금 부동산 시장은 마치 "나무"에 "새들이 찾아오지 말라고/목매단 새들을 걸어 놓은" 것과 같다. 어떤 주상 복합 아파트는 '언제나 평등하지 않은 세상을 꿈꾸는 당신에게 바칩니다'라는 문구를 광고 캐치프레이즈로 내걸었다. 한국 사회에서 아파트가, 집이 어떤 위치를 차지하고 있는지 여실히 보여 주는 문구다. 투기를 하는 사람들에게 집은 물건이자 상품일 뿐이다. 그것을 소유하지 못한 청년들이 사회경제적으로 어떻게 흔들리고 있는지는 중요하지 않다. "집은 무겁고 비싸"다. 그렇기 때문에 사람이 "돌을 이고 지고" 지어야 한다. 그러나 그곳에서 일하는 이들은 그들이 지은 집을 살 수 없다. 집을 짓는 노동자는 집에서 소외된다. 이러한 상황 속에서 시인은 "무너지는 게 있"다는 것을 감각한다.

많은 청년들이 집을 포기한다. 그들 중 일부는 종종 생존을 포기하기도 한다. "사람은 절벽을 이고/동물적으로 가벼워"지라는 시인의 말이 농담처럼 들리지 않는다. "소금을 핥으러 다닌다는 사슴"은 우리나라에 존재하지 않는다. 사슴도 청년이 흘리는 눈물은 "눈물 같은 닭똥"이라며 핥지 않는다. 청년의 눈물은 집값을 방어하는 데 별 도움이 되지 않는다. 아파트가 빼곡한 "숲속은 어둡"다. "암염(暗炎)"으로 불타고 있다. 청년들의 육신은 그곳에서 불타며 가벼워지고 있다.

암담한 시대 속에서 청년이자 시인인 김건영은 집을 시 속으로 직접 호출한다. 그의 언어는 문제를 정면으로 뚫고 나간다. 쉬운 결정은 아니었을 것이다. "이게 시냐고 묻는" 사람이 분명히 있을 것이기 때문이다(「개발 그만해 이러다 다 죽어」). 사회적이고 정치적인 문제를 시 속에 직접적으로 노

출시킨다면, 텍스트가 사회적 담론의 반복이자 슬로건으로 소비될 가능성이 높다. 그럼에도 불구하고 시인이 시에서 직접적으로 집 문제를 언급하는 까닭은, 그가 시를 쓰는 이유와도 관련이 있다.

나 약이 될게요 나를 심어 준 사람들을 위해 흙을 덮고 꼭 꼭 밟아 준 사람들을 위해서요 아픈 건 괜찮냐고 물었잖아요 그런데 그거 관심 없잖아요 사람이 사는 데에 꼭 필요한 게 바닥이죠 공중에 뿌리내린 사람도 있다 날파리처럼 지겨운 천사들 나의 죄와 벌레 언제나 웃으면서 법대로 해요 법대로 나를 온몸으로 껴안아 준 공기가 있다 나는 사실 어떤 말을 하고 싶은가요 비명입니다 아닙니다 노래입니다 살고 싶습니다 쉽게 말하고 싶어요 식물은 죽지 않는다 다만 사라질 뿐 죽는 건 화분뿐이죠 그러니까 나 흙 속에서 부어올라 화약이 될게요 나 목에 밧줄을 감고 태어나서 소리를 좀 지를게요 이제 좀 동물이 될게요 자랄수록 사람은 어렵고 어려진다 다 안다는 것처럼 부드러운 사람들을 부러뜨릴 거야 나 너무 많은 영매를 사랑하여 열매가 되어 간다 전생으로 돌아가 몇몇 가지를 꺾고 돌아올게요 획이 많지 않은 글자가 될게요 그러나 읽을 수는 없는 목질화를

—「맨드레이크」 전문

맨드레이크란 실제로 존재하는 식물의 이름이다. '맨드레이크'가 표기법에 맞지만, 게임과 만화를 즐기는 사람에

게는 '만드라고라'라는 이름이 더 익숙할 것이다. 게임을 비롯한 대중문화 속의 만드라고라는 비명을 지르는 식물로 묘사된다. 인삼처럼 뿌리가 사람을 닮았고, 그 비명을 들으면 사람이 미쳐 버린다고 하는 무서운 식물이다. 중요한 것은 시인이 그런 무서운 식물이 되겠다고 선언한다는 점이다. 그것은 자신을 땅바닥에 "심어 준 사람들을 위해", "꼭꼭 밟아 준 사람들을 위해" "약"으로 거듭나는 일이다.

김건영 시인이 집을 시에서 직접 언급하는 것은 그 문제들이 사회적 담론의 차원에서 논의되고 있기 때문이 아니다. 실제 생활에서, 실존의 영역에서 그것이 문제가 되고 있기 때문이다. 집 없는 청년들이 받는 고통이 실재하기 때문이다. 누구나 대면하고 있지만, 누구도 시 속에서 직접 언급하지 않는 문제들을 품에 안고 "소리를 좀 지"르려는 것이다. 그는 실존적인 이유로 비명을 장전한다. "아픈 건 괜찮냐고" 물으면서도 사실은 "관심 없"는 냉혹한 사회 속에서 시인은 억눌린 분노를 참지 않고 터트리기로 한다. "춥지 않니 다정하게 묻는 것보다 열과 함께 성내면서 사람을 이야기하자"는 것이다(「내 외투를 악마에게 입혀 줄 때」). "이 세상이 무서우니 더 무서운 사람이 될 거"라는 시인의 다짐이다(「나무랄 데 없이 완벽한 나무들」). 그는 "흙 속에서 부어올라 화약이 될" 것이라고 선언한다. 그는 집 없는 청년들의 선두에 서서 비명을 외친다. 집 없이 떠돌아다니는 자의, "배타적인 십할(十割) 놈들"을 향한 분노의 비명이 시집을 가득 채운다(「토황소격문」).

선택적 눈감기

처음으로 창밖에서 떨던 겨울나무를 알아차린 게 몇 살 때
였더라
아직도 그것들이 매일 밤 떨고 있다는 것을 안다
눈을 감으면 마음이 낫던 때가 있었는데

그림자는 아무것도 아니야
이제 눈을 감아
보이지 않는 것은 없는 거라고

아름다워지려면 모르는 게 좋더라
지식이 밥 먹여 주냐
고지식하단 말이나 듣지
너무 깊이 알면 착해질 수도 없어
알면 알수록 무서운 것들이 늘어나
눈을 감으면 좋은 점이 많아

이제 그림자도 정말 무섭다는 걸 알아
이제 눈을 감아
보이지 않는 것은 없는 거라고

나는 가만히 있었는데 왜 나를 때려요
그러게 왜 가만히 있었어요

창밖에서 떨고 있는 겨울나무처럼

가만히 흔들렸겠지

눈을 감는 아이들이 있겠지

이제 눈을 감고

짙은 그림자를 바라보면서

숫자를 거꾸로 세 봐

귀신이 되면 귀신이 무섭지 않아

아름다운 것들을 사랑하면

혐오하는 것이 는다는 사실을 잊으면서

이제 눈을 또 감아

—「감나빗」 전문

그러나 비명을 지르기로 한 이가 걷는 길은 녹록지 않다. "가난해지고 싶으면 문학을 하"면 된다(「한국문학 망해라」). 시를 쓸수록 그의 생계는 점점 피폐해지고 있다. "창밖에서 떨던 겨울나무"들은 여전히 "매일 밤 떨고 있다". "눈을 감으면 마음이 낫던 때"는 이제 지났다. "아름다워지려면" "지식"이 없는 게 좋다. "깊이 알면 착해질 수도 없"고, "알면 알수록 무서운 것들이 늘어"난다. "지식"을 쌓을수록 사회 시스템의 불합리함은 더 잘 보이게 되지만, 그것을 해결할 능력은 갖춰지지 않기 때문이다. 해결하려 노력할수록 실패의 경험만 늘어난다. 그래서 "눈을 감으면 좋은 점이 많"다. 일부러 눈을 흐리게 하고 당면한 문제를 회피하는 것이다.

동시에 "보이지 않는 것은 없는 거라고" 속삭이는 목소리가 있다. 그들의 말처럼 부조리를 보지 않고 없다고 생각하면 편안하게 살 수도 있을 것이다. 사회에 대한 불평불만을 쏟아 내는 사람들은 다들 노력하지 않은 실패자라 조롱하며, 자신의 안위만을 챙기며 살면 편할 것이다. 하지만 세상은 "가만히 있"으면 때린다. 미래를 헤쳐 나가야 하는 "아이들"은 "창밖에서 떨고 있는 겨울나무처럼/가만히 흔들"리고 있다. 이러나저러나 무언가 나아질 거라는 희망이 보이지 않는다. 주위는 어두워지고 시인은 "이제 눈을 감"는다.

　글을 쓰는 많은 작가들이 똑같이 겪는 문제일 것이다. 글을 쓰는 것만으로는 생계를 유지할 수 없다. 전업 작가로 활동하는 사람은 거의 없다. 직업별 연봉 순위에서 시인도 소설가도 언제나 최하위에 위치한다. 글을 쓰면 쓸수록 작가는 가난해진다. 글을 계속 쓰려면 다른 직업을 가져야 한다. 하지만 그것도 쉽지 않다. 직장에서 퇴근을 하면 집으로 글을 쓰러 출근하는 생활을 해야 한다. 언제나 직장의 일과 원고 마감에 쫓기는 삶은 피로하다. 글을 쓰면 쓸수록 작가들은 소외된다. 집으로부터, 안정적인 삶으로부터 멀어진다. 김건영 시인이 "시인"을 "부모님의 등골을 빨아 최선을 다해 가난해지는 사람"으로 정의하는 이유다(「빛이 사라지면 너에게 갈게」).

　이러한 이유 때문에 시인은 이 시의 제목을 「감나빗」으로 지었을 것이다. '감나빗'은 게임 'X-COM' 시리즈에서 나온 말이다. 총을 쏘았을 때 일정 확률로 총알이 빗나가며 '빗나감!'이라는 안내 문구가 뜨는데, 이것을 거꾸로 뒤집어 '감나빗'이라고 부른다. 빗나갈 확률이 0이 아니기 때문에 모든 플레이어가 메시지를 한 번씩은 보게 되는데, 중요한 순간 공격이 빗나가는 일이 종종 있어 플레이어들의 뒷목을 잡게 만드는 것으로 유명한 메시지다. 시를 쓰면 쓸수록 생존에서 멀어지는 아이러니한 상황은 '감나빗'의 상황과 꽤 잘 들어맞는다. 자신을 괴롭히는 실존적 문제들에 대해 분노를 표출하려고 시를 쓰고 있는데, 그럴수록 자신을 괴롭히는 문제들이 사라지는커녕 점점 더 심각해지고 있기 때문이다. 이런 상황은 마치 그의 인생이 목표로부터 빗나가고 있다는 느낌이 들게 했을 것이다. 그는 자신의 인생이 어쩌면 빗나가고 있다고 느꼈을지도 모른다. 하지만 우리는 '감나빗'이 '밈'으로 사용되고 있는 단어라는 사실에 주목해야 한다.

밈은 패러디적 요소가 강하다. 문자 언어를 중심으로 작동하는 인터넷 커뮤니티의 세계에서, 밈은 언어유희의 일종으로서 다양한 변이와 패러디를 만들어 낸다. 중요한 것은 유머다. 사람들은 절망적이고 암담한 상황도 밈을 통해 희화화하고 극복할 힘을 얻는다. 김건영 시인은 자신의 인생이 빗나가고 있다는 느낌을 받으면서도, '감나빗'이라는 밈을 통해 절망감을 다른 것으로 반전시킨다.

시인은 "아름다운 것들을 사랑하면/혐오하는 것이 는다"는 사실을 알고 있다. 하지만 여기서 그는 그것을 "잊으면서" "눈을 또 감"는다. 그는 자신을 괴롭히는 실존적 문제가 시스템으로부터 비롯되었다는 사실에 눈을 감는 것이 아니다. 시를 쓰고자 하는 자신의 욕망에 눈을 감는 것도 아니다. 그는 시인으로서 시를 쓸수록 소외되어 간다는 사실로부터 눈을 감는다. 시를 쓰기 위해 그는 자신을 흔들리게 하는 절망적인 상황을 외면한다. 시를 쓰고자 하는 욕망과 암담한 현실 사이에서 끊임없이 갈등하는 그는 시를 택한다. 이것이 그가 자신의 정체성을 결정짓는 선택이다. 그는 실존의 목적과 의미를 스스로 선택한다. 주체적 선택을 통해 김건영이란 존재는 시인이 된다. 이것이 그의 실존을 건 선택이다. 그 선택을 통해 그는 기어코 '귀신'으로 거듭난다.

귀신의 『파이』-『널』 데스매치

귀신은 『널』 여기저기에서 관찰되는 이미지다. 귀신은 죽은 자의 원혼이다. 이 세상에서 사라져야 하는 존재지만, 생전의 강력한 원한이 그를 사라지지 못하게 만든다. 귀신은 죽었지만 살아서 이 세상에 영향을 미친다. 그래서 귀신은 "눈에 보이지 않"으면서도 "돈 없이도 잘살" 존재들이며, "사람을 먹는 사람도 귀신은 무섭"다(『빛이 사라지면 너에게 갈게』). 실체가 없기에 돈이 없어도 되고, 돈에 구애받지 않기 때문에 사람을 착취하는 자들도 귀신은 두려워한다. 그리고 시인은 스스로 "나는 귀신 들렸다"고 선언한다(『시인의 말』). 그가 이미 시를 선택하기로 마음먹었기 때문에, 궁핍

하고 가난해지는 자신에게 눈을 감아 버렸기 때문에 그는
물질로부터 초연해질 수 있다. 그렇다고 믿고 행동할 수
있다. 이제 두려워할 것이 없다. 이제 그는 자신의 "무력시
위(無力示威)"를 시작한다(「한국문학 망해라」).

　　좋은 시란 무엇입니까
　　저는 잘 모르겠습니다

　　사실 제 마음속에서는 알고 있다고 믿고 있지만 그렇게 말
하지 않겠습니다 시에서 똥 맛이 나서 똥 맛이 난다고 한 것
이온데…… 그냥 똥 맛이 나서 똥이라 생각한 것이온데……
나는 우문(愚問)에 독 뿌리기를 사랑합니다

　　아무런 대답도 하지 않는 허공을 사랑하여서

　　물끄러미 바라봅니다 거기에 언어가 있다고 합니다
　　아름다운 것들은 너희들이 다 가져
　　나는 언어의 폐지나 줍지 뭐 모든 말은 발화할 수 있지만
어떤 말은 한 번만 발화할 수 있다 지금은 인플루엔자와 인플
루언서의 시대다 이것도 시대가 되겠지 앗! 원고료가 신발보
다 싸다 저는 병드는 것보다 잔 드는 게 낫다고 생각합니다
　　　　　　　　　　　　　　　　　　　　　─「한국문학 망해라」 부분

그는 "좋은 시란 무엇"이냐는 질문에 대해 "잘 모르겠"다

146

고 말하면서도, 사실은 "마음속에서는 알고 있다고 믿"지만 "그렇게 말하지 않겠"다고 쓴다. 이는 그가 지금 한국 문단의 시들에서 "똥 맛"이 난다고 생각하기 때문이다. 물론 현재 한국에서 활동하는 모든 시인들의 시가 수준 이하라는 뜻은 아니다. 그가 이렇게 극단적으로 말하는 이유는 그가 "아름다운 것들은 너희들이 다 가"지라고 말하는 지점에서 드러난다. 시인은 "인플루언서"가 "인플루엔자"처럼 우리를 감염시키는 동안, "언어의 폐지나 줍"겠다고 선언한다. 이는 그가 시단에서 자신의 위치를 어떻게 생각하고 정의하는지 단적으로 보여 주는 문장이다.

김건영 시인은 질서의 파괴자다. 그의 궁극적인 목적은 체계의 전복과 가치의 반전이다. 시를 쓸수록 힘겨워지는 자신의 인생을 가치 있는 것으로 변환시키기를 바란다. "집이 없으면 어른이 아니"라고 말하는 자들에게 엿을 먹이고 싶다(『개발 그만해 이러다 다 죽어』). "시나 쓰고 있"다고, "미친 새끼"라고 욕하는 사람들에게 반항하고 싶다(『쓸쓸한 너의 앞 파트』). 그래서 그는 "한 번만 발화할 수 있"는 "어떤 말"을 획득하기 위해 "아무런 대답도 하지 않는 허공을 사랑"하고 "물끄러미 바라"본다. 누구도 아름답다고 생각하지 않는 것들을 그러모아 시를 만들어 낸다는 것이 바로 그의 목적이다. 그는 세상의 질서에 저항하고, 교란하고자 하는 사람이다.

이러한 그의 정체성은 그가 언어유희에 몰두하는 이유를 해명한다. 그는 "교란으로" 현실이라는 "바위를 치"는 사람

147

이다(『바실리스크』). 그것이 『파이』부터 이어진 그의 고유한 스타일이다. 그는 현실의 언어를 사유화(私有化)하고, 패러디하며 자신의 파토스를 적극적으로 표출한다. 그러한 스타일이 잘 드러난 시가 바로 「쓸쓸한 너의 앞 파트」, 「차용가」, 「남의 금산」, 「이자가 많아서 걸린다」, 「살아 있는 시들의 밤」 같은 작품들이다. 이러한 시들은 해석을 구체적으로 달 필요가 없다. 한 문장 한 문장의 의미보다, 이 세계에 이미 발화된 언어들을 가져와 비틀고 쪼개고 전시한다는 행위 자체가 중요하다. 『파이』부터 이어진 목차 역시 마찬가지다. 피보나치수열로 이루어진 목차가 『널』에서도 이어지지만, 그는 부러 그 규칙을 깨버린다. '34'를 건너뛰고 '55'로 시작한 『널』은 '∞'로 끝난다. "내가 쌓은 블록들을 무너뜨리면서 나는 살아왔다"는 시인의 말처럼(『파이』), 그는 이번에도 여지없이 규칙을 무너뜨린다. 자신이 쌓은 것이라도, 그것이 질서가 되었다면 파괴해야만 하는 것이다. 변이체를 창조하는 돌연변이 기질이 그에게 있어 가장 중요한 스타일이다.

뛰어넘고 싶다
없는 공간에서 없는 널 떠올리면

(문학이)
없음
이 있다 아직 없는 책을

148

지금 쓰고 있다

(중략)

시그
널은 없다
(문학에서)
나를 짚어 줄 손이 없는 밤에
빈 몸이 떨리고 있다
없는 책(貴)이 손에 잡힌다

없는 말을 손끝으로 한다
귀가 멀어지고 있다

—「Null」부분

'파괴하는 시 쓰기'를 선택한 자로서, 그는 현실을 "뛰어넘고 싶다". 도달할 수 없는 이상향을 바라보며, 반복되는 실패에 "슬픔에 빠진 주정쟁이"이자 "변기를 끌어안는 괴물"이 되더라도(「동충하초」), "나를 짚어 줄 손이 없는 밤"에도 그는 "없는 말을 손끝으로 한다". 문학이 언제나 그를 "없는 공간"으로 호출하더라도, 빈 값으로 그의 텍스트를 회귀시키고 가난에 허덕이게 할지라도 그는 시를 쓸 것이다. 그의 시는 끝나지 않을 과정으로 이해되어야 한다. "널"은 부정칭이다. 빈 공간을 가리키기에, 우리는 무엇이든 그 안

149

에 넣어 볼 수 있다. 우리 자신의 문제를 대입할 수 있다. '아무것도 없음'은 곧 '무엇이든 있을 수 있음'이 된다. 김건영 시인의 시 쓰기는 "아직 없는 책을/지금 쓰"는 행위로서 무한히 이어지는 "반복과 번복"이고 "번복의 반복"이다(『시인의 말』).

끝없는 돌연변이의 탄생. 산 자와 죽은 자의 경계를 흐리는 귀신처럼 그의 시어는 언어의 경계를 무너뜨리며 종횡무진한다. 언어의 폐지가 시의 고귀한 언어로 거듭난다. 무한히 뻗어 나가는 "번복의 반복"이 새로운 가치를 창출한다. 그가 만들어 내는 세계에서는 모든 실패자의 울분이 들어 있고, 가능성이 탄생하고 있다. 『널』이 '∞'로 끝나는 이유다. 자신의 언어를 들고, 자신의 실존을 뒤흔드는 현실을 향해 돌진하는 그의 시작(詩作)을 우리는 이렇게 부를 수 있다. 벼랑 끝에 몰린 자가 뛰어드는, 자기 정립의 『파이』-『널』 데스매치라고.

P.S. Here comes a new challenger

『널』은 김건영 시인이 자신의 실존을 담아 세상에 내보낸 시집이다. 하지만 시인이 자기 얘기를 하는 데 급급한 것은 아니다. 오히려 그는 자신의 실존이 타인에게 어떤 역할을 할 수 있을지 고민하는 사람에 가깝다. 가령 다음과 같은 부분이 그러하다.

아름다운 날 다음

날이 슬픔이라면

누가 아름다움을

기꺼이

맞이하겠느냐고

묻고

묻다가

사랑을 하느라

진회색 그릇을 푸르다 말하는 당신이 있고

연두색 컵을 노랗다 말하는 내가

다투느라 문을 닫는 것을 잊는다

이 집의 쥐새끼들은 모두 거리로

나아가라

이 밖으로 나아가라

주머니가 머니가

비어 가는데

푸른 병에 담긴 노란 술

가난한 시절이 어째서 푸르고 노란 것인지

비어 있는 곳에 맥주를 채우며

다시

그런 것을 새삼

가벼운

적자생존(赤字生存)이라

가정(家庭)을 하는 것이다

—「청황부접」 부분

「청황부접」은 '∞'에 있는 유일한 시다. 끝나지 않는 과정으로서 그의 시 세계가 뻗어 나갈 방향을 보여 준다고 해석해도 좋을 것이다. 여기서도 시인은 "아름다운 날 다음"에 "슬픔"이 찾아올 것이라고 생각하는 것 같다. 세상을 사는 일은 여전히 참 절망스럽고, 그래서 "아름다움을//기꺼이" 맞기가 두렵다. 그런 와중에도 "진회색 그릇을 푸르다 말하는 당신"과 "연두색 컵을 노랗다 말하는" 시인의 일상적이고 사소한 투닥거림이 있다. 그것은 "사랑"을 하는 사람들의 일상적인 풍경이다. 실존을 건 투쟁을 하는 시인의, 언제나 시 쓰기에 골몰하며 삶을 지속하기 위해 발버둥 치는 시인의 허술한 모습에 웃음이 나기도 한다.

일상의 평화롭고 따스한 장면에서 시인은 말한다. "다투느라 문을 닫는 것"도 잊어버렸으니, "이 밖으로 나아가라"고. "주머니가 머니가//비어 가"더라도 "비어 있는 곳에 맥주를 채우며" "적자생존(赤字生存)이라" 믿고, '집'에 매몰되지 말고 "가정(家庭)"을 이룰 꿈을 꾸라고.

> 그래도 지구는 돌았다
> 그러나 살다 보면 세상엔 아름다운 일이 좀 있을 거야(정말일까)
> 그러니 이 시 비슷한 것을 빠져나오며 또 한마디 한다
> 우리는 아무것도 안 하고 시간만 벼리고 있구나
> 벼린 시간이 우리를 단단하게 할 거야(정말로)
>
> ─「위로는 위로가 안 돼」 부분

153

그의 텍스트를 본 청년은, "그래도 지구는 돌" 테니까 "살다 보면 세상엔 아름다운 일이 좀 있을 거"라는 말을 믿기로 한다. "이 시 비슷한 것을 빠져나"가면서, "아무것도 안 하고" 있는 것 같았던 순간이 사실은 "시간"을 "벼리고 있"던 순간이었을 것이라고 믿기로 한다. "벼린 시간이 우리를 단단하게 할 거"다. 그러니까 다짐한다. 살아 낼 것이라고. 세상이 자꾸 우리를 버린다는 생각이 들더라도 비관하지 않고 살아가겠다고.

청년은 『널』에서 세상과 싸우는 시인의 모습을 본다. 분투하는 그가 열어 놓은 길 위에 서 있는 것도 같다. 그는 팍팍한 세상살이에 지친 후배에게 소주를 따라 주는 선배처럼 보이기도 한다. 시대에 좌절한 청년들은 시인이 따라 주는 술을 받듯 『널』을 읽으면서, 오늘 하루쯤 더 살아 봐도 좋겠다고 생각할 것이다. 위로는 위로가 안 된다는 시인의 텍스트는 위로가 되지 않으려고 해서 위로가 된다. 그가 남긴 삶의 궤적을 보는 후배이자 청년 한 명으로서, 이렇게 얘기하고 싶다. 고마워요, 형. 오늘도 어떻게든 살아 볼게요.